A. H. Motte

C'est l'histoire d'une fille…

Éditions Baudelaire

Découvrez nos éditions sur notre site www.editions-baudelaire.com

Éditions Baudelaire – 27, place Bellecour – 69002 Lyon

1. Mieux vaut tard que jamais

« J'ai joui. Tu te rends compte ma fille ! Pour la première fois de ma vie, et à soixante-seize ans, j'ai joui ! C'est une révélation ma chérie ! »

Lorsque sa mère avait déboulé dans son salon et qu'elle lui avait dit, *« Il faut que je te raconte »*, jamais Constance n'aurait pu imaginer qu'elle allait prononcer ces mots.

Elle n'était pas certaine au départ d'avoir bien entendu d'ailleurs, mais comme sa mère avait répété l'improbable, le sourire débordant, il avait bien fallu que le concept pénètre dans son cerveau jusqu'à atteindre la pleine compréhension de ce que cela impliquait… et surtout sa représentation très visuelle. L'image de sa mère septuagénaire en train de hurler en pleine extase avait alors déboulé dans ses rétines, sans crier gare.

Et lorsqu'elle avait ajouté dans un soupir amoureux *« Mon tout premier orgasme »*, Constance avait pensé qu'on était clairement dans le *over sharing* comme diraient ses propres enfants. Non mais qu'est-ce qui lui prenait de lui raconter cela ? N'avait-elle donc plus aucune pudeur ? Elle ne lui avait pas fait la grâce de s'arrêter là d'ailleurs. Intelligente, éminemment cultivée, sa mère Isabelle avait élaboré son propos pour comprendre le pourquoi du comment de cette épiphanie si tardive.

Elle venait de vivre une révélation, et elle voulait la partager ! Et à qui le dire sinon à sa fille chérie ? Alors, les voilà toutes les deux dans ce salon désordonné et sans grand style, à discuter d'orgasmes.

Isabelle n'avait jamais été une femme comme les autres et cela ne s'arrangeait donc pas. Elle avait quitté leur père lorsque Constance et son frère étaient encore adolescents, pour un jeune homme à peine plus âgé qu'eux. Une Brigitte Macron avant l'heure et avant la mode surtout. Son père, grand avocat à la verve célèbre dans les salles du palais et bien peu loquace quand il s'agissait de parler de sentiments, avait refait sa vie et même un autre enfant, mais Constance avait toujours pensé qu'il en gardait une blessure d'orgueil irréparable. Quand sa mère arguait qu'elle s'embêtait avec lui et qu'elle était partie avant de mourir d'ennui, Constance avait cru comprendre, dans la représentation romantique de ses treize ans, que c'était un désamour physique bien plus qu'intellectuel, car comment pouvait-on s'embêter avec un homme qui vous faisait traverser l'Europe pour aller admirer un Vermeer ? Et bêtement, même si sa mère avait raisonné ce départ, le justifiant à coups d'arguments construits et rationnels, Constance avait toujours supposé que c'était par passion qu'elle avait détruit le foyer familial, quitté le domicile conjugal, recommencé une vie sans eux, une passion comme dans les films, irrésistible, incontrôlable, une passion forcément sexuelle. Isabelle était restée une artiste, un ancien petit rat de l'Opéra qui avait rêvé d'être étoile même si elle était devenue professeure de danse, et cette vie de la grande bourgeoisie l'étouffait. Elle avait beau être la rigueur incarnée, les tenir tous à distance, sa mère ne demandait en fait qu'à vivre intensément. Matthieu, plus jeune, plus beau, plus drôle, avait su réveiller la femme en elle, voilà ce que Constance s'était imaginé. La quarantaine bien sonnée, elle apprenait qu'il n'en était rien, que tout ça n'était rien d'autre que le fantasme adolescent de ses projections, de ses propres désirs. Et ses repères en étaient bizarrement secoués.

Que sa mère n'ait pas connu la jouissance avec son père, elle l'envisageait assez aisément, même si elle n'était toujours pas certaine de vouloir en connaître tous les détails. Mais avec Matthieu ? Le beau garçon de ses souvenirs de jeunesse, fringant, si gai aussi ? Vraiment ? Mais…

— Tu as trompé Matthieu, maman ?

— Pas du tout ma chérie ! et ses yeux s'emplirent de larmes : Matthieu me quitte.

— Mais alors, avec qui as-tu… tu sais ?

— Mais avec Matthieu enfin ! s'emporta-t-elle.

Constance n'y comprenait plus rien. Sa mère ne pleurait jamais. Elle était toujours calme et sous contrôle. Qui donc était cette femme tout en émotion débordante assise sur son canapé ? Les yeux grands ouverts, à court de mots, elle plongea dans sa tasse de café et fit signe de la main à sa mère de développer, perdue qu'elle était dans cette vie sentimentale moins linéaire qu'il n'y paraissait.

— Tu sais comme notre relation s'était compliquée avec Matthieu depuis quelque temps ? Eh bien, pour dire les choses simplement, je suis convaincue qu'il a rencontré quelqu'un. En tout cas, la semaine dernière, il m'a annoncé que ça ne pouvait pas continuer comme ça et qu'il voulait partir. Après trente ans ensemble ! Il a enchaîné sur un laïus qu'il avait à mon avis préparé : notre vie commune n'était plus satisfaisante, l'absence de communication, le lien qui s'était étiré… Des platitudes tu penses bien ! Mais ce n'est pas ça l'important. Ce qui compte, c'est ce qui s'est passé ensuite ! Nous nous sommes retrouvés dans le lit le soir, par habitude je crois, et je ne sais pas comment nous en sommes venus à faire l'amour… et là ! La chose la plus improbable du monde est arrivée : j'ai joui ! Comme si quelque chose s'était débloqué en moi ! Je crois que Matthieu était presque aussi surpris que moi.

— Mais il a vu que c'était ta première fois ? Tu n'avais jamais fait semblant ???

— Mais enfin ma chérie, quelle drôle d'idée. Pourquoi aurais-je menti ? Je ne me suis jamais caché la vérité à moi-même sur ma vie, ce n'est assurément pas pour prendre la peine de le faire avec les autres.

Et Constance reconnaissait bien là sa mère dans cette formidable intransigeance, à la fois si admirable et si dure. Elle eut une pensée attendrie pour son père et pour le jeune Matthieu de l'époque qui s'étaient peut-être donné bien du mal sans résultat. Et elle éclata d'un rire un peu nerveux à l'idée de cette foule d'informations non nécessaires qui prenaient corps et qu'elle était bien incapable d'arrêter dans son champ visuel, presque aussi fascinée qu'horrifiée.

Constance écouta encore sa mère lui raconter sa peau qui avait vieilli, sa plastique fatiguée, une nudité qu'elle n'inventoriait plus depuis longtemps, avant même que Matthieu eût cessé de la regarder. Elle parla de son corps qu'elle avait aimé tant qu'il faisait ce qu'elle lui demandait et qu'elle avait cessé de trouver intéressant quand elle avait dû renoncer à la danse. Ce corps qui avait été un outil merveilleux si longtemps, puis plus rien que la source de multiples petites contrariétés ; et voilà qu'il lui offrait maintenant la révélation du plaisir.

Elle enchaîna sur cette pulsion de vie dont elle ne pouvait plus se passer. Elle évoqua l'énergie folle qui était la sienne depuis cette nuit. Elle décrivit la métamorphose de son propre regard sur ses chairs usées qui la dégoûtaient un peu jusque-là, sa fascination à présent pour son corps flasque et fripé qui lui offrait tant de bonheur facile. C'était *« proprement stupéfiant »* pour reprendre ses mots. Et Constance d'ailleurs l'était, stupéfiée, au sens propre du terme, pétrifiée même. Incapable de réagir.

Isabelle voyait avec acuité, *oui bien sûr*, que la mort de son amour avec Matthieu, sa mort à elle inévitable et de plus en plus proche, que tout cela avait probablement joué un rôle et un rôle intéressant d'ailleurs. Un déblocage de dernière minute, sur le fil, avant qu'il ne soit trop tard, des plus facétieux selon elle. Et d'ailleurs, depuis cette sorte d'épiphanie, c'est bien simple, elle sautait sur Matthieu à tout bout de champ pour renouveler cette expérience presque mystique de la jouissance – ledit Matthieu qui semblait épuisé et toujours aussi résolu à la quitter, d'après ce que comprit Constance.

Comme toujours, Isabelle avait théorisé par des mots et de la littérature ce qui lui était arrivé. Mais à l'entendre élaborer de manière presque un peu trop construite, on pouvait surtout croire que sa mère de près de quatre-vingts ans était devenue accro au sexe et qu'elle cherchait à justifier une addiction. Il ne manquait plus que ça.

Constance n'était pas prude, ni même conservatrice, mais là, elle avait besoin de digérer. Elle écourta sa mère sous prétexte d'un rendez-vous urgent et la raccompagna à la porte.

*

Plus tard, elle essaya d'aborder prudemment le sujet avec son frère. Sans savoir pourquoi ni à quelle fin encore, elle aurait aimé avoir un allié. *« Avait-il trouvé leur mère un peu changée récemment ? Non, non, rien, comme ça. Oui, tu as raison, toujours ces histoires avec Matthieu, rien de plus. Je dois me faire des idées, ce ne doit pas être bien grave. »* Et la jeune femme comprit que sa mère lui avait réservé non seulement la primeur mais l'exclusivité familiale de sa grande révélation.

Impossible d'en parler à son compagnon du moment. Il prendrait un ton goguenard qui l'insupporterait pour parler de « l'affaire ». Ses cousines étaient bien trop jeunes pour qu'elle les mette dans la confidence. Elle hésita à en parler à ses deux filles, grandes adolescentes, presque des femmes déjà. Ce serait alors un secret de mère en fille, une histoire qu'on se transmettrait qui deviendrait légende : est-ce que je t'ai déjà parlé de la résurrection sexuelle de ton arrière-grand-mère ? … Mais l'absurdité de la situation l'en empêcha.

Elle se demanda même si elle devait en parler à Matthieu qu'elle aimait bien et avec qui elle se sentait en confiance après toutes ces années. Qu'est-ce qui lui prenait à son âge de quitter sa femme ? Parce que force était de constater que c'était l'élément déclencheur de toute cette abracadabrantesque histoire. Matthieu portait beau la cinquantaine fringante, mais quand même, on n'abandonne pas une femme de soixante-seize ans. Cela ne se faisait pas, non ? Surtout, venant d'une famille catholique, suffisamment traditionnelle pour trouver pertinent d'appeler les fils qui leur naissaient du nom des évangélistes, fils, nous ajouterons, qui avaient été mis au monde tous les deux ans avec une précision d'horloge suisse. Matthieu l'aîné, puis Marc, Luc et Jean. Et lorsque le cinquième était arrivé sans crier gare des années plus tard, à court d'évangéliste officiel, le père s'était retrouvé sec d'inspiration. Il avait bien tenté Thomas, pour le cinquième évangile apocryphe, mais sans grande conviction. La mère avait alors choisi un prénom en souvenir de ses études de lettres classiques qui étaient restées lettres mortes, et imposé un nom sorti de la lointaine Grèce antique : Adonis ! Si elle avait eu gain de cause, elle avait aussi, bien malgré elle, fait du petit dernier l'objet de moqueries de ses frères. Adonis n'était pas un prénom facile à porter, vous en conviendrez.

Mais revenons à Matthieu, à son aventure, puis à son mariage avec une femme de vingt-deux ans son aînée et déjà deux fois maman. Ses parents, profondément choqués, avaient dès lors enterré leurs rêves de soldats de Dieu. Et l'avenir confirma leur crainte. Jean avait eu un enfant hors mariage et la moitié d'entre eux ne croyait plus en rien même si tous observaient encore rites et coutumes – aucun n'osant être celui qui romprait la tradition. Aucun ne choisit non plus, comme leurs parents l'auraient tant voulu, de rentrer dans les ordres. Constance, qui ne relevait d'aucune Église et ne croyait pas en grand-chose, se demandait à ce stade si l'attitude négligente de son beau-père était très catholique… En même temps, elle se voyait mal enclencher une discussion avec lui sur les raisons de son départ et les orgasmes en série de sa mère. Non, décidément non.

Elle décida donc de garder le silence, incertaine sur le futur à donner à ce qui ressemblait quand même sacrément à un coup de folie. Elle ne savait pas si elle devait applaudir ou s'en désespérer, mais elle se retrouvait seule avec ce grand secret.

Le soir, quand elle retrouva Abdel avec qui elle ne vivait pas mais qui partageait quelques-unes de ses nuits et de ses pensées, elle ne put s'empêcher de le regarder d'un autre œil. Le sexe entre eux marchait bien. Il faisait attention à son plaisir et elle savait le guider de toutes les façons pour atteindre l'orgasme. Pourtant, leurs nuits semblaient bien plates en comparaison de celles de sa mère, convenues presque. Leur jouissance semblait moins réjouissante pensa-t-elle avec un brin d'envie. Elle envisagea une nouvelle séparation mais se rappela qu'elle les quittait tous, toujours, incapable de s'attacher, de rester en place et que finalement cela ne changerait pas grand-chose. Elle tournait en rond.

Dans les jours qui suivirent, Isabelle n'appelait que pour parler de sexe, de ses expériences toutes nouvelles pour elle puisque liées au plaisir à présent. Cela n'avait rien de désagréable auparavant, elle ne s'était jamais forcée, que sa fille se rassure, mais là ! Et de poursuivre sur l'infini des possibles d'un corps qui exulte.

Et au milieu du chant de ces corps enfin réjouis, Constance avait l'impression d'entendre une ado, ridée et à la voix usée, mais une ado qui ne parlait plus que d'elle et de son plaisir. Plus une question sur elle, sa fille cadette qui pourtant n'allait pas bien, sur leur petite vie de mortels monotones. Rien qu'elle et sa satisfaction.

Constance n'était pas en colère, pas le moindre dégoût non plus, non, juste un sincère étonnement devant cette mère qu'elle ne reconnaissait plus vraiment. Heureuse pour elle quelque part, en tant que femme, qu'elle se soit affranchie d'un carcan qu'elle s'était peut-être imposé à elle-même, d'un contrôle sur soi presque maladif qui l'avait empêchée jusque-là d'éprouver l'exultation de son corps. Elle se félicitait même, à titre égoïste, de sa libération sexuelle qui sans aucun doute allait la rendre un peu plus compréhensive des faiblesses des autres. Et en même temps, elle ne pouvait s'empêcher de ressentir une légère gêne à l'entendre parler aussi crûment, aussi véritablement de sexe, de corps, de chair, d'orgasme. L'impression confuse que sa mère jouait dans un mauvais film porno pour tout dire ne la quittait jamais complètement après lui avoir parlé.

*

Malgré ce changement, radical pourrait-on dire, dans leur couple, la séparation arriva, non négociable du côté de Matthieu. À croire que les histoires de fesses ne l'intéressaient plus tellement, lui, ou alors qu'il cherchait davantage la paix des sens.

Constance comprit que ce qui perturbait le plus Isabelle était, non pas la perte de l'homme avec qui elle avait partagé des décennies de vie, mais l'amant capable désormais de la faire grimper aux rideaux. Notre quadra perplexe sentit chez sa mère une sincère inquiétude à l'idée que le miracle fût attaché à la personne de Matthieu et non en elle. L'exploration de sa sensualité devait cependant se poursuivre ; il lui fallait aller au bout de ce chemin et assouvir cette libido nouvellement découverte. La curiosité d'Isabelle était éveillée, pas question de se passer de quelque chose d'aussi amusant. Elle avait raté la révolution sexuelle de 68, elle ne raterait pas sa révélation érotique, ajoutait-elle dans un grand éclat de rire. Mais Isabelle se retrouvait sans personne pour l'aider à assouvir ce nouveau champ des possibles… Et Constance continuait bien malgré elle à recevoir ses confidences. Alors au milieu du déménagement imposé par la séparation, entre deux cartons et deux piles de livres, Isabelle racontait à sa fille, qui n'en demandait franchement pas tant, sa quête d'un nouveau partenaire.

Constance avait décidé de subir l'épanchement de l'intimité de sa mère comme une pénitence pour sa vie trop désordonnée. Elle se disait qu'elle expiait ainsi ses turpitudes, elle qui portait si mal son prénom. Jamais mariée, trois enfants de trois pères différents, une instabilité chronique, elle se retrouvait à présent dans le rôle de l'amie sage qui tente de raisonner celle qui part en vrille, pensum pénible en tout temps mais qui se transformait en réelle torture quand il s'agissait de votre génitrice ! Et elle n'était pas certaine d'être taillée pour le rôle. Bien incapable d'aucune leçon de morale puisqu'elles avaient toutes glissé sur elle, elle ne se sentait pas en droit non plus de réfréner sa mère dans ce qui semblait la rajeunir. Pourtant, tout cela ne lui semblait pas tout à fait normal, sans qu'elle arrive bien à s'expliquer à elle-même ce qu'elle entendait par-là. Son frère étant hors-jeu, elle tenta d'évoquer avec elle la possible consultation d'un psychologue.

— Mais ma chérie, je ne suis pas malade ; je cherche juste un amant compétent !

Constance ne put s'empêcher de se trouver petite bourgeoise et de se dire que sa mère avait finalement raison. Bien sûr, il était incongru d'entendre une femme âgée penser, parler, vivre d'orgasme et de sexe. Ridicule même pour certains peut-être ; perturbant pour elle sans doute, mais au fond qui était-elle pour juger ?

Aussi, lorsque Isabelle évoqua son inscription sur un site de rencontre, Constance décida de réagir avec maturité et de la féliciter pour cette initiative résolument moderne. Elle l'aida à se créer un compte sur Meetic qui avait une section « senior » fort développée, comme elle le découvrit non sans étonnement. Elles discutèrent longuement ensemble du choix de la photo qui se devait d'être avantageuse bien sûr, et réaliste néanmoins. Elle participa à la construction de son profil avec le sentiment diffus de jouer au maquereau et que les rôles étaient inversés. Elles choisirent ensemble le pseudo « Annadanse76 » en hommage à Anna Pavlova la danseuse étoile et 76 pour son âge qu'Isabelle ne comptait pas cacher.

En toute honnêteté, même lors de ses longues périodes de célibat, elle-même n'avait jamais réussi à franchir le pas du site de rencontre, probablement par arrogance – *elle n'en était pas réduite à cela tout de même* – ou par manque de courage. Elle trouva sa mère incroyable à nouveau.

À l'heure où d'autres commençaient les leçons de bridge, Isabelle se mit à avoir des ribambelles d'amants. Elle se trouva assez vite rassurée sur sa capacité à jouir à nouveau, avec d'autres que Matthieu. Pourtant commença aussi une longue liste de déboires : les jeunes vigoureux ne se bousculaient pas au portillon et ces messieurs aux cheveux blancs étaient souvent soit trop vieux soit trop fleur bleue pour les parties de jambes en l'air dont elle rêvait. Ils cherchaient une compagne pour terminer leur vie, Isabelle commençait à peine la sienne dans la volupté. Il ne s'agissait ni de se fixer ni de s'attarder. Hors de question de transiger sur sa pleine satisfaction sexuelle. Ce décalage irréconciliable la laissait bien trop souvent insatisfaite. Et sa quête du plaisir virait parfois au cauchemar frustrant. Constance n'osait trop penser à ces ébats décevants, aux situations précises ou embarrassantes qu'ils ne devaient pas manquer de provoquer. Son équilibre psychique était en jeu à ce stade selon elle, et bien souvent elle coupait court aux descriptions d'Isabelle.

Elle s'étonnait parfois cependant de tous ces rendez-vous qui s'enchaînaient. Elle ne soupçonnait pas l'étendue du marché des rencontres du 3e âge et se retrouva, au milieu de sa pleine confusion, à entrapercevoir les arcanes du marché des applis de rencontre. Les alertes sur le téléphone se multipliaient, les propositions affluaient ! Isabelle était belle encore et remportait un franc succès. Son teint de porcelaine, ses cheveux toujours noirs parsemés de quelques rares cheveux blancs, son long cou élégant, sa silhouette sculptée par ses années de danse, sa capacité à descendre coup sur coup des shots de vodka, tout cela faisait d'elle un être hautement désirable sur la plateforme.

Il y avait quelque chose de perturbant à voir sa septuagénaire de mère faire glisser des profils à droite ou à gauche selon des critères qui ne lui semblaient pas si évidents à elle.

— Mais si, tu vois bien là… beaucoup trop beau. Et face à son air interloqué, elle ajoutait : À son âge et de sa génération… il n'a sûrement jamais appris à faire plaisir à sa partenaire.

Et l'amante en chasse continuait de glisser de droite et de gauche, et Constance ne cessait de s'ébahir de la foule immense de ces gens qui cherchaient l'âme sœur ou le coup d'un soir sous des faux noms burlesques.

Son frère trouvait leur mère curieusement absente et Constance brûlait de lui révéler la si gênante vérité : leur petite maman oubliait que le monde existait en dehors de sa luxure égoïste. Mais il n'aurait pas compris, peut-être même aurait-il décidé d'agir, pour son bien, et contre ses désirs. Et puis elle ne voulait pas la trahir, cette histoire lui appartenait, à sa mère de décider avec qui elle voulait la partager.

*

Lorsque son téléphone sonna à deux heures du matin, Constance sut qu'il y avait un problème bien sûr. Un jeune homme lui annonça que sa mère avait fait une mauvaise chute et devait être emmenée aux urgences. Elle entendit au fond quelqu'un se plaindre, reconnut sa mère dans ce ton sec et fut rassurée. Ambulance, hôpital, radio, tout s'enchaîna assez vite. Isabelle s'était cassé le col du fémur. Rien que de très banal à son âge mais elle craignit que ce ne soit au cours de l'un de ses ébats passionnés. Arrivée aux urgences, elle n'avait qu'une obsession, connaître les circonstances de l'accident. Elle tournait autour du pot avec l'ambulancier pour savoir comment (et dans quel état) il avait trouvé sa mère. Constance l'imaginait déjà nue dans son lit, un monsieur inconnu rhabillé à la hâte, effondré de ce qui venait d'arriver, bégayant auprès du pompier que c'est au moment où il avait voulu soulever la jambe d'Isabelle pour essayer une nouvelle position que l'accident était arrivé, qu'ils venaient de se rencontrer et qu'il n'était pas le mari… Heureusement, rien de tout cela. C'était simplement et tout bêtement au sortir de son lit.

Devant les enfants d'Isabelle réunis, le médecin tint à leur préciser qu'à son âge, l'opération était risquée, dangereuse même. Son frère manifesta une inquiétude sincère mais Constance le rassura : Maman a une force vitale hors du commun. Il n'imaginait même pas, ajouta-t-elle en gloussant nerveusement.

Et en effet, la septuagénaire survécut à l'opération, remarcha assez vite même. Pourtant, cela sembla mettre un terme à sa toute jeune frénésie sexuelle. Sa fille n'entendit plus parler de ses folles aventures, comme si ces quelques mois n'avaient jamais eu lieu ou comme si ce brusque rappel à l'ordre de son état de nature avait laissé Isabelle sans voix. Constance n'osa de son côté évoquer le sujet. Sa mère avait soixante-dix-sept ans désormais et semblait à présent vouloir vivre comme la vieille dame qu'elle était presque.

Constance garda en bouche une impalpable tristesse à l'idée qu'en dehors d'elle personne ne soit au courant de ce formidable feu d'artifice qui avait traversé sa mère et de l'incroyable liberté dont cette femme avait su faire preuve une dernière fois. Un jour, se promit-elle, elle raconterait son histoire.

*

Quelques semaines plus tard, *inévitablement*, Constance quitta Abdel, à qui elle n'avait rien à reprocher. Seule à nouveau, comme sa mère.

La parenthèse enchantée qu'avait vécue Isabelle poussa cependant sa fille à s'interroger. Saurait-elle, comme elle, s'extraire du regard des autres, s'affranchir des règles et des préjugés pour mener sa vie ? Serait-elle capable d'autant de cran ? Serait-elle à la hauteur de cette femme souveraine ?

Oserait-elle avouer et s'avouer qu'elle aimait les femmes, non… qu'elle aimait une femme ?

Ekaterina était l'objet de ses fantasmes depuis trop longtemps pour que son désir ne soit pas nommé maintenant qu'elle essayait d'être libre. Ekaterina, qui était entrée dans sa vie par ricochet, grâce à Matthieu, et qu'elle trouvait fascinante et si entière ; Ekaterina l'indépendante qui s'amusait de ses pérégrinations amoureuses ; Ekaterina dont elle avait prétendu ne pas comprendre certains gestes, certains mots, certaines allusions ; Ekaterina à qui elle voulait maintenant consentir.

Il était temps, non ? De s'autoriser enfin à écouter cet amour qui papillonnait dans son ventre et d'en esquisser l'ébauche pour en faire sa réalité ?

Alors elle lui écrivit qu'aujourd'hui elle se sentait prête. Et qu'elle l'attendait.

2. Les bijoux

Tous les matins, à huit heures trente, après avoir déposé les enfants, Amélie discutait devant les portes alors fermées de l'école avec les autres parents – principalement des mamans ne nous le cachons pas.

Ensemble, elles évoquaient les devoirs de la veille, les exigences de la maîtresse, les prochains échanges-déjeuners. Le contrôle de maths était difficile, non ? Et tu as vu la faute d'orthographe de la prof ? C'est tout bonnement lamentable ! Il paraît que les parents de la pauvre petite Clara divorcent ? Tout est prêt pour la fête de l'école ou tu as besoin d'aide ? Les thématiques s'enchaînaient sans ordre ni priorité, aplatissant tous les sujets à parts égales.

Puis, invariablement, au bout d'une dizaine de minutes, Amélie regardait sa montre. Elle n'allait pas au café avec celles qui voulaient traîner encore un peu, disséquer sans fin leur progéniture, les enseignants, l'actualité, les prochaines élections et le dernier Magimix. Depuis cinq ans qu'elle accompagnait ses enfants à l'école, elle n'avait jamais dérogé à son programme. La jeune femme, lorsque le temps imparti était venu, quittait ses compagnes de la parentalité investie à défaut d'être heureuse et marchait d'un pas pressé le long de l'avenue Victor-Hugo sans s'arrêter jusqu'à la banque. Son sac verrouillé au bras, elle regardait parfois autour d'elle, non que son inquiétude soit profonde, après tout elle connaissait par cœur cette avenue cossue du XVIe arrondissement, mais la rue n'était pas son territoire de prédilection.

Tous les matins à neuf heures, alors que le rideau de la banque se levait à peine, elle appuyait sur le bouton extérieur, attendait le signal et la couleur verte qui l'autorisaient à entrer ; elle poussait alors la porte et un soupir imperceptible de soulagement – réflexe de classe. Sa main sur le sac se détendait insensiblement, son regard se relevait et elle souriait à Olivier à l'accueil.

Là, comme des automates bien réglés, leur danse quotidienne s'actionnait :

— Bonjour Olivier, comment allez-vous ce matin ?
— Bien madame Fabre, merci. Vous aussi j'espère. Je vous accompagne en bas ? enchaînait-il sans attendre.

Un sourire suffisait pour confirmer que, ce jour-là encore, Amélie Fabre descendrait ouvrir son coffre. L'échange pouvait s'agrémenter d'un commentaire sur le temps ou d'une autre platitude attendue mais jamais rien de personnel, comme si tous deux avaient convenu par accord tacite que cela ne les intéressait pas réellement. Le temps d'une signature sur le registre et les voilà qui descendaient en procession silencieuse.

Cependant Olivier était curieux et plus d'une fois il avait eu envie de traîner aux abords de la salle des coffres pour essayer de voir ce que cette drôle de dame y fabriquait tous les jours.

Mme Fabre n'avait selon lui pas plus de trente-cinq ans, quarante au plus. Pas si vieille pour être raide toquée. Pour dire le fond de sa pensée, il la trouvait même plutôt désirable derrière ses airs de bourgeoise compassée et son brushing impeccable. Mais quand même, que pouvait-elle trafiquer tous les jours dans son coffre ? Certains matins, il l'imaginait comme Louis de Funès, contemplant son tas d'or, le touchant, le caressant, comptant ses pièces pour vérifier qu'il n'en manquait aucune. Et parfois, en rigolant, il décrivait la scène à ses amis.

Ce qu'Olivier n'imaginait pas, c'est que, jour après jour, quels que soient ses engagements, Amélie éprouvait le besoin de venir assortir ses bijoux à sa tenue ! Alors tous les matins, après avoir décidé de ce qu'elle porterait la journée et le soir, si par hasard, son mari et elle avaient un dîner, et selon le dîner bien entendu, tous les matins donc, elle fourrait dans son sac à main les bagues, colliers et bracelets de la veille et allait choisir ceux du jour qui finiraient au fond de son sac pour être rapportés chez elle. La danse des bijoux comme l'appelaient son frère, ses belles-sœurs et ses cousines. Une drôle de manie qui lui prenait une demi-heure de sa vie, quotidiennement. Une habitude étrange qui bloquait son début de matinée, immuablement.

Amélie ne travaillait pas bien sûr. Et ses occupations s'étiraient comme la fumée dans une bouteille vide.

À neuf heures trente, elle sortait de la banque. Au revoir Olivier. Au revoir Mme Fabre et à demain. Oui à demain Olivier. Et elle marchait quelques rues pour terminer sa routine par son brushing journalier chez son coiffeur.

À dix heures quinze, elle était prête, enfin.

Elle se rassurait sur son inutilité en se disant que dans de nombreuses professions on ne commençait pas avant dix heures. Elle n'était, tout compte fait, pas tant en retard que ça sur le monde réel.

Cette routine, connue de tous ses proches, faisait rire toutes les femmes de sa famille. Seule sa belle-sœur Simone, qui était devenue comme une sœur pour elle, se taisait quand le sujet venait sur la table, et Amélie voyait dans son silence une compréhension implicite et mutuelle du quotidien qui était le leur. Les autres semblaient ne pas comprendre ce que cette habitude avait de primordial pour elle, de presque vital. Elle-même n'aurait pu l'expliquer avec précision. Elles y voyaient une marotte ridiculement attachante certes, mais une marotte obsolète. Amélie savait d'instinct qu'elle en avait besoin.

Elle convenait que d'aucuns puissent juger sa matinée futile et ne réduisent ses habitudes à des maniaqueries. Mais rien n'y faisait. Ni le sourire complaisant de son mari Luc, ni les moqueries amusées de son frère, ni le regard interloqué du jeune guichetier de la banque. Qu'ils s'étouffent sur leurs railleries.

Elle se rendait compte bien sûr que tous pensaient que, si elle avait daigné travailler, elle n'aurait plus eu le temps pour tout cela. Mais Amélie savait au plus profond d'elle-même qu'ils se trompaient et que, si d'aventure elle avait eu une occupation professionnelle, cela n'aurait rien changé. C'était un choix conscient et assumé. Une manière selon elle de porter haut les couleurs de sa classe, presque un devoir et en aucun cas une perte de temps. Oh, bien sûr, elle réalisait ce que cela avait de peu sympathique. Mais voilà, c'était chez elle une conviction à laquelle elle n'entendait pas renoncer.

La routine s'était installée peu après son mariage. Elle en était devenue presque consubstantielle de la femme qu'elle voulait être.

*

Ce mardi-là, alors qu'elle sortait de la banque, comme à son habitude, deux jeunes passèrent en scooter; celui à l'arrière tira violemment sur son sac, l'emporta dans l'élan et Amélie se retrouva projetée sur le trottoir. Le temps qu'elle se relève et comprenne ce qui s'était passé, ils avaient filé. Et elle, elle était là, les bras ballants, agités de légers tremblements, l'air effaré sans personne pour s'arrêter et lui demander même comment elle allait. Son regard tournait, cherchant quelque chose à faire, quelqu'un à qui parler, perdue pour la première fois depuis longtemps sur cette avenue Victor-Hugo qu'elle connaissait si bien. Elle commença à courir trois foulées, mais cela ne servirait à rien à part à la ridiculiser. Et puis, ils étaient déjà loin. Vers où pensait-elle courir? Elle songea à crier, mais là encore, à quoi bon. Elle regarda ses paumes qui la brûlaient, dépitée par tant de malchance.

La jeune femme finit par se ressaisir et se rendit au poste de police maugréant tout au long du chemin dans sa tête. De là, elle appela son mari qui lui recommanda de porter plainte. *Et pourquoi donc était-elle au poste selon lui?*

Il n'avait pas le temps de venir en tout cas, elle avait l'air d'aller bien de toutes les façons mais, qu'elle se rassure, il se chargeait d'appeler l'assurance. *Merci mon chéri, c'est trop gentil.*

On la prit en charge avec une certaine efficacité et elle raconta alors son histoire à un policier: le vol, le contenu de son sac, le scooter, les deux jeunes qu'elle n'avait pas vus, qu'elle ne pouvait pas identifier… Mais pourquoi avait-elle tous ses bijoux sur elle? Personne ne se promène avec des bijoux d'une telle valeur dans son sac, seule dans la rue! Et petit à petit, sous le feu des questions de plus en plus précises et perplexes, elle détailla ses habitudes, la banque, ses manies.

Elle lut dans le regard du policier à la fois son étonnement et son incompréhension. *Elle sortait tous les jours à la même heure avec ses bijoux ?* La question sonnait comme une accusation, comme si elle avait planifié elle-même son agression. Et il tapait sur son ordinateur ses réponses en levant les sourcils et avec de gros yeux, exagérant à dessein sa stupéfaction. Elle comprit en le regardant combien il la trouvait naïve, stupide peut-être. Elle rougissait malgré elle sous la réprobation contenue dans ce qu'elle ressentait comme un interrogatoire moralisateur.

C'était une question de point de vue évidemment. Il pensait certainement que les hommes étaient tous des coupables en puissance ; elle préférait vivre dans un monde de confiance. Une question de choix en fait. *Un devoir de privilégié* ? se demanda-t-elle. Si elle, parmi tous les autres, ne croyait pas à la beauté de la société, qui alors ?

Le policier enregistra la plainte tout en lui précisant qu'il y avait peu d'espoir d'arrêter les voleurs et encore moins de retrouver les bijoux. Démantelés et déjà revendus selon lui, très loin ajouta-t-il, presque avec componction.

Et tout en l'écoutant pontifier sur sa connaissance intime de la corruption de la société, des délinquants en particulier et de l'âme humaine en général, elle ne put s'empêcher de se demander à quoi il servait exactement si contre tout cela, il ne pouvait rien faire ? Elle n'était pas juste, elle le savait, mais l'énervement montait.

Elle ne doutait pas qu'il écrirait dans son rapport « bourgeoise demeurée » et supposa qu'il raconterait cette déposition à ses collègues en commençant par : *« C'est l'histoire d'une blonde qui se trimballe son coffre sur elle... »* Elle imagina la scène et les rires gras d'incrédulité. Elle croyait entendre les ricanements dédaigneux de tous ceux qu'elle voyait autour d'elle et qui ne manqueraient pas de retentir dès qu'elle aurait le dos tourné.

Ce mardi n'en finissait décidément pas.

Elle se sentait presque davantage humiliée par cet homme en uniforme, incarnation de l'ordre et de la sécurité que son État se devait de lui prodiguer, que par le vol. Son ton paternaliste hérissait son esprit comme un frottement de papier de verre. Elle en serrait les mâchoires pour ne pas l'envoyer au diable, comme elle aurait aimé envoyer promener son mari qui avait usé à peu près du même ton.

Elle l'avait un peu cherché non ? Ça devait finir par arriver avec ses petites manies si facilement repérables. Elle avait donc mérité de se faire voler ?

Elle ne travaillait pas mais ils semblaient tous oublier qu'elle n'en était pas complètement idiote pour autant. Pour qui la prenaient-ils à la fin ? Elle avait fait Sciences Po et aurait pu avoir un poste où elle voulait. C'était un choix pour elle de devenir mère au foyer, pas une fatalité. Ses aptitudes intellectuelles n'étaient pas en cause. Une simple et profonde et volontaire façon d'envisager le monde.

Mais en attendant, elle était bien obligée d'écouter ces recommandations faussement bienveillantes et ces leçons gentiment paternalistes.

Et si elle refusait de ne pas pouvoir se promener seule avec un objet de valeur sur elle parce que c'était trop dangereux ?

Et si elle déniait le droit à ceux-là qui disaient vouloir la protéger de la faire vivre dans un monde régi par la peur ?

Et si, sous prétexte qu'elle n'était pas « productive », elle refusait de se faire infantiliser ?

Mais était-ce cela à quoi elle était réduite aujourd'hui ?

Sa colère froide retomba d'un coup. Amélie n'était pas stupide, nous l'avons déjà dit. Elle était même tout à fait capable de s'analyser avec lucidité.

Était-elle responsable, d'une façon ou d'une autre, de ce traitement condescendant infligé à sa personne ? Avait-elle accepté inconsciemment de se mettre sous la tutelle de son mari comme une femme du XIXe siècle en refusant de gagner sa vie et de s'inscrire dans un cycle de rentabilité ?

Et les jugements expéditifs de tous ceux qui catégorisaient les femmes comme elle résonnèrent dans sa tête :

Bonniche   Assujettie
Soumise   Dépendante
Réduite
Tributaire…

Non, vraiment, elle ne s'y reconnaissait pas.

Il s'agissait sans doute de rappeler à ces hommes, mari compris, que merci, oui, elle était capable de penser, réfléchir, agir par elle-même, pas trop sottement d'ailleurs.

Ils n'étaient finalement pas encore tout à fait habitués à cela, les pauvres. Un peu de pédagogie ne pouvait pas faire de mal, n'est-ce-pas ?

Alors, elle se lança dans de longues observations pour expliciter son point de vue à ce policier qui l'avait écoutée sans l'entendre jusque-là, s'appuyant sur des essais de Virginie Despentes et de Rousseau, des textes de Clarissa Pinkola Estés et de Gloria Steinem, des figures qu'elle estimait d'autorité allant de Simone Veil à Frida Kahlo… Elle lui nota sur un post-it les ouvrages qu'il se devait de lire s'il voulait comprendre sa femme et sa fille. Avait-il une fille d'ailleurs ? Non ? C'était bien dommage ! Mais qui sait, il pourrait en avoir une un jour, n'est-ce pas ? Il n'était pas marié non plus ? Qu'il ne désespère pas, chaque pot avait son couvercle le rassura-t-elle. Et elle reprit son discours et lui raconta comment l'une l'avait éclairée sur l'idéal impossible que les hommes lui demandaient d'incarner, idéal qu'elle avait le droit de défaire. Elle se perdit dans les citations d'une autre pour défendre son voleur, victime somme toute de la société et du système, comme elle. Elle voulut lui montrer comment la psychanalyse l'avait convaincue – et devait le convaincre à son tour – que la conscientisation était en elle, qu'elle portait en elle cet instinct d'aller de l'avant et qu'elle, en tout cas, n'avait pas besoin qu'un homme vienne du haut de sa toute-puissance lui dire ce qu'elle devait être. Elle rappela encore comment celle-là avait fait de ses faiblesses des forces au point de mettre à genoux un géant de la peinture et de l'amour. Elle ajouta, maintenant qu'elle y était, que les femmes se débrouillaient très bien entre elles, ce qui n'avait pas grand-chose à voir avec le sujet, mais bon, cela lui fit du bien. Elle termina enfin en retraçant la conquête des libertés pour les femmes dont leurs droits à disposer de leur corps, de leur esprit, de leur argent, de leur compte en banque et surtout de leurs bijoux !

Amélie noya ainsi le malheureux policier qui n'en demandait pas tant sous un flot de références éclairant le féminisme qu'elle s'était construit et sa vision du monde, une philosophie certes toute personnelle mais qui ne la condamnait pas pour autant à une quelconque déresponsabilisation. Elle ne savait pas pour être tout à fait honnête si elle croyait elle-même vraiment à ce torrent de revendications et de convictions.

Le pauvre homme finit par s'excuser, sans aucun doute davantage pour la voir enfin déguerpir de son commissariat que par une sincère prise de conscience, elle le savait, mais s'en satisfit néanmoins.

Et puis elle rentra chez elle.

*

La maison était calme, comme toujours dans la journée. Elle s'assit dans la cuisine et se prépara un café. C'était beau chez elle, harmonieux. Les assiettes étaient visibles dans le vaisselier aux portes transparentes ; empilées par taille et par fonction ; celles pour le petit-déjeuner, celles pour les repas en famille, celles pour les dîners de réception, celles qu'elle n'aimait pas mais ne pouvait se résoudre à donner. Les verres étaient rangés par couleur et elle ne se lassait pas de cette palette apaisante pour son âme où l'ordre dominait. Chaque objet était à sa place, là où son usage imposait sa prise. Elle aimait à penser que sa cuisine aurait pu figurer dans un magazine de décoration ; d'ailleurs, elle avait puisé son inspiration dans certains reportages qu'elle avait pu voir dans *Elle Déco*, c'est dire.

Elle aurait dû commencer à ranger les chambres, à préparer le déjeuner pour les enfants qui arriveraient bientôt, mais sa routine bousculée la plongeait dans l'embarras. Elle était fatiguée à l'avance de la conversation qui ne manquerait pas d'arriver au retour de son mari. Elle avait envie de simplement se recoucher, attendre et voir si le jour ne voulait juste pas recommencer. Pourtant impossible de laisser ses enfants et leurs échanges-déjeuners le ventre vide. Elle se leva, et mit l'eau à bouillir.

*

Le lendemain, mercredi, Amélie avait repris le chemin de l'école et accompagné ses enfants sans déroger à ses habitudes. À huit heures quarante-cinq, elle avança jusqu'à l'angle de la rue et s'arrêta un moment, un infime moment. Et dans sa légère hésitation, la jeune femme perçut le choix qui s'offrait à elle, les deux voies, les deux vies possibles. Elle les regarda aussi clairement qu'elle aurait pu voir deux routes à un carrefour ; les deux pleines d'inconnus, les deux tentantes. Mais aucun homme ne déciderait pour elle. Alors elle reprit son chemin d'un pas assez déterminé le long de l'avenue Victor-Hugo jusqu'à sa banque. Elle retira ses bijoux du jour, comme chaque jour, puis se dirigea vers son brushing quotidien. Comme tous les jours, elle se retrouva la tête enrubannée, assise au fauteuil, Géraldine sa coiffeuse derrière elle. Et peut-être parce qu'elle s'était sentie si dépitée hier au commissariat, si peu écoutée, elle commença à sincèrement s'intéresser à la jeune femme. Elle ignorait jusque-là que celle-ci habitait à Pontault-Combault et avait plus d'une heure trente de transport pour venir jusqu'à elle tous les matins à neuf heures trente. Elle ne savait pas davantage qu'elle élevait seule un enfant qu'elle avait eu avec un homme parti aux premières nuits blanches. Amélie comprit que, si elle s'était toujours rengorgée d'être bien élevée, aimable avec tous, elle était en fait enfermée dans la bulle qu'elle avait créée autour d'elle pour se protéger du monde. Au moment de partir, elle envisagea pendant un instant de donner à Géraldine ses bijoux cachés dans son sac mais, à peine la pensée avait-elle pris corps en elle, qu'elle en mesura le caractère humiliant. En revanche, l'idée du don planait maintenant au-dessus d'elle, s'accrochant, tentante, la poussant à agir. Donner pour ne plus dépendre de rien ni de personne. Donner pour s'affranchir en quelque sorte. Et c'est assez naturellement qu'Amélie prit le chemin de son église. Arrivée à sa paroisse, elle se saisit du sac où étaient enveloppées sa bague en diamants en forme d'étoile qu'elle avait choisie pour aller avec sa robe noire et les boucles d'oreilles en pampilles de diamants assorties de chez Tiffany, et elle déposa le tout au pied de l'autel. Le cœur battant, avouons-le, face à la folie de son geste, Amélie alla s'asseoir sur un banc et se laissa envahir par le calme et la fraîcheur du lieu.

*

Lorsque Luc rentra ce soir-là, il trouva la table mise, les enfants en train de s'agiter sans trop de bruit dans leur chambre, et sa femme ravissante en robe noire. S'il remarqua l'absence de bijoux, il ne fit aucun commentaire. Leur dispute la veille sur l'inconscience d'Amélie, qui avait conduit au vol des bijoux dont sa bague de fiançailles, était encore vive ; il imagina qu'elle avait enfin renoncé à sa stupide manie et eu la sagesse de laisser les bijoux au coffre ! Magnanime, il décida de ne pas remuer le couteau dans la plaie et d'aller de l'avant. Comme tous les premiers mercredis du mois, ses frères et leurs femmes venaient dîner, il ne tenait pas non plus à gâcher ce repas familial. Luc adorait ses quatre frères.

Amélie, le lendemain, se sentit étrangement sereine, étonnamment bien. Elle s'était fait voler une partie de ses bijoux et hier en avait donné un autre bout. L'amertume de son réveil de la veille avait cédé la place à une forme de contentement ce matin. Elle avait agi sur une impulsion mais aucun regret ne venait teinter son humeur. Elle avait conscience de la folie incongrue de son acte et pourtant le trouvait pleinement cohérent. Elle avait pris les choses en main ; c'était son renoncement à elle, pas un arrachement imposé. Elle rétablissait son équilibre en quelque sorte. Alors dans les jours qui suivirent, elle décida de persister. Et si elle continuait à aller au coffre maintenant, ce n'était plus pour rien y déposer mais pour prélever sa part quotidienne et la distribuer au fil des églises de Paris. Au neuvième jour, il ne resta rien dans la boîte à bijoux bordeaux

aux initiales de sa grand-mère, et quand Amélie quitta la banque ce jour-là et qu'Olivier lui dit: « À demain madame Fabre », elle répondit d'un sourire: « Je ne crois pas Olivier », laissant le jeune homme avec mille interrogations dans la tête. Le soir, c'est d'un cœur léger qu'elle accueillit son mari lorsqu'il rentra du travail. Une conversation s'imposerait avec lui, oui, un jour mais pas maintenant. Pour l'heure, elle savourait sa victoire sur elle-même et sa liberté retrouvée. Demain, pour la première fois depuis cinq ans, après avoir déposé les enfants à l'école, elle ne prendrait pas le chemin de la banque; elle se joindrait peut-être au café avec les autres, intégrant pour de bon l'équipe des mères au foyer ou alors elle irait s'inscrire à un cours de yoga, ou chercher du travail. Qui sait.

De son côté, pas une seule seconde Luc n'envisagea la réalité de ce qu'Amélie avait fait, pas plus qu'il ne prit conscience de la révolution qui s'était opérée en elle. Il pensa qu'elle avait enfin mûri et que les bijoux attendaient sagement une grande occasion au coffre. Il l'accompagnerait alors, en bon mari qu'il était, pour pouvoir les retirer en toute sécurité.

3. La lettre volée

La jeune fille dans la chambre trois n'en avait plus pour longtemps. C'était la conclusion de la transmission du soir. L'intervention pour résorber l'hémorragie cérébrale ne s'était pas passée comme prévu ; la petite était tombée dans le coma pendant son opération ; elle ne se réveillerait pas. Ses organes avaient fini de lutter et lâchaient à présent les uns après les autres. Bérénice reçut l'information avec fatalité… Elle ne croyait pas aux miracles.

L'adolescente avait eu un accident de voiture aux côtés de sa mère qui conduisait. Plus de peur que de mal, avaient-elles rigolé sur le moment. Oui, rien de grave avait cru Clara. Sa tête avait à peine cogné contre la vitre. Elle n'avait pas vu d'étoiles. Tout allait bien. Elle avait fermé les yeux ensuite sur ses migraines et ses étourdissements dans les jours qui avaient suivi. Le traumatisme crânien n'avait pas pu être détecté à temps, l'hématome sous-dural s'était développé en silence, avait grossi tranquillement au chaud dans son cerveau. Il était bien trop avancé au moment de son arrivée aux urgences d'après les résultats du scanner. L'ignorance faisait rarement preuve de merci.

Le service de réanimation en entier le savait ; et s'il fallait encore le faire accepter à sa famille, médecins et infirmières attendaient l'inéluctable depuis son admission. C'est triste bien sûr une jeune fille de quinze ans qui meurt, *un drame*, même pour eux, même s'ils en avaient vu d'autres.

Infirmière depuis plus de quinze ans, dont dix au service de nuit en réanimation neurochirurgicale, Bérénice se sentait épuisée. Mais, malgré la lassitude, malgré le travail comme un automate parfois, malgré les difficultés du quotidien, elle aimait son métier, l'adrénaline, les émotions extrêmes, sa technicité aussi, la cohésion avec les autres membres de l'équipe, le sentiment d'intense utilité qu'il lui procurait parfois, quand il ne la décourageait pas au contraire, comme ce soir. Elle aimait travailler la nuit, au milieu des lumières assombries et des services réduits, des couloirs presque déserts et des voix en demi-ton. Elle s'était habituée à la mort régulière de ses patients au fil des ans sans pour autant y être devenue insensible et, sans doute parce qu'elle n'en avait pas, était toujours plus émue par la mort d'un enfant.

Elle avait regardé au cours des derniers jours cette jeune Clara avec sa mère penchée sur elle. Cette mère qui regrettait sans doute de ne pas être à la place de sa fille sur ce lit d'hôpital à souffrir pour elle. Front contre front pourtant, elle avait senti leur amour, un lien qui semblait visible – touchable même – les lier l'une à l'autre et, en dépit des circonstances, ressenti une légère envie. Elle s'en était étonnée, elle qui n'avait pas voulu d'enfant, n'en voulait toujours pas, et qui, à trente-neuf ans, renouvelait ce choix tous les jours.

Elle avait un chat *bien sûr*, mais pour dire vrai ce n'était pas complètement satisfaisant. Si elle voulait être honnête avec elle-même, ce qu'elle aurait aimé surtout c'était recevoir cet amour inconditionnel qui semblait le propre de l'amour filial ; cet amour qui existait sans se poser de questions. Pourtant, elle ne s'était jamais estimée prête pour cela, ne voulait pas des contraintes inhérentes à une progéniture, ne ressentait pas le besoin de transmettre ses gènes à tout prix et de devenir immortelle. Sa mère l'avait mise en garde contre son horloge biologique qu'elle brandissait d'ailleurs comme une épée de Damoclès au-dessus de son avenir. Qu'elle regarde sa sœur Elvire qui n'avait pas d'enfant non plus mais se désespérait d'en avoir et pour qui il était peut-être trop tard. Mais rien. Les années avaient passé sans qu'aucune nécessité absolue ne se fasse ressentir. Elle attendait la ménopause sereinement, les enfants de sa sœur jumelle Pauline ou de ses cousines lui suffisant amplement. Rien de politique non plus dans sa décision, aucune envie de s'élever contre les soi-disant diktats d'une société patriarcale, mais la simple conviction profonde que la maternité n'était pas pour elle. L'histoire de sa famille n'y était sans doute pas étrangère, qui imbriquait si étroitement les femmes, la mort et la maternité.

Clara était l'une de ses trois patientes, et il était temps de commencer son tour de sécurité. Box après box, son binôme et elle vérifiaient le matériel – alarmes du scope, réglage du respirateur, débit des médicaments – puis venait le contrôle des constantes – température, glycémie… La routine immuable de leurs nuits. La chambre de réanimation débordait de machines, de tuyaux, de raffuts ; rien de paisible pour les patients aux portes de la mort mais plutôt l'éclat et le tumulte de la vie qui lutte et refuse de s'en aller, ou de la vie qu'on impose à un corps qui a rendu les armes.

C'était souvent ce qui étonnait la famille, ce qui épuisait les infirmiers, ce bruit incessant.

Lorsqu'elle entra dans la chambre trois, la petite était intubée et ventilée et dans le coma. Son binôme Guillaume s'occupa du scope qui bipait de son alarme non vitale ; Bérénice se pencha sur Clara et vérifia la ventilation. Alors qu'elle tournait la tête, elle vit un livre qu'elle ne connaissait pas, le saisit, curieuse d'en connaître l'histoire, et en le feuilletant tomba sur une feuille pliée en quatre. Et sur cette feuille, elle lut ces mots : « *Mamacita chérie* ». Une lettre de Clara pour sa mère donc. Et sans même se rendre compte de ce qu'elle faisait, Bérénice la saisit en silence, et la fourra dans la poche de sa blouse.

Elle ne prit pas tout de suite conscience de la monstruosité de son geste. Cela avait été plus fort qu'elle. Cette feuille de papier Sieyès, avec ces mots : *« Mamacita chérie »* au feutre noir, l'avait appelée de manière irrésistible, alors, elle l'avait prise. Elle regarda Guillaume, effrayée par ce qu'elle venait de faire ; le cœur battant jusqu'à assourdir tous les autres bruits, elle lui sourit ; son binôme n'avait rien vu. La lettre était dans sa poche. Elle la donnerait plus tard à la mère se rassura-t-elle, se mentant déjà.

À six heures quarante-cinq, la transmission effectuée avec l'équipe du jour, son service terminé, il fut temps de rentrer chez elle. Mais au moment d'enlever sa blouse, au lieu de laisser la feuille pour la famille comme elle le devait, elle la mit dans son sac. Et de retour chez elle, elle la posa sur la table basse de son salon. Ses gestes s'étaient enchaînés, incapable de réfléchir pleinement à la cruauté de son acte qui enlevait à une mère bientôt orpheline de sa fille ce qui serait sans doute ses derniers mots.

Bérénice vivait seule ; elle n'avait pas d'enfants nous l'avons dit ; pas de mari ni d'amant à domicile non plus. Elle chérissait sa liberté, son ordre, sa quiétude. C'était peut-être une nécessité avec toute cette agitation et ce bruit qui régnaient à l'hôpital. Son appartement lui ressemblait et elle aurait difficilement supporté une intrusion dans son intimité. Son chat et elle, c'était bien assez. Sa famille se moquait gentiment, mais tout cela ne la dérangeait pas, assumant pleinement cette vie qui lui correspondait.

Elle avait passé la matinée, café à la main, à regarder cette lettre, incapable d'aller dormir, happée par les mots, terrifiée à l'idée de l'ouvrir. Et personne pour lui demander ce qui se passait, d'où venait ce papier qu'elle dévisageait comme on regarderait la boîte de Pandore, redoutant de le déplier tout autant qu'elle en brûlait d'envie. L'écriture était nette « *Mamacita chérie* » mais la feuille était froissée. Elle avait sans doute griffonné cette lettre dans l'urgence après les résultats du scanner, en prévision du pire, comme un talisman protecteur. *Si le pire est envisagé, il n'arrivera pas, n'est-ce pas ?* Le talisman n'avait pas marché. Le pire arrive souvent.

Bérénice ne sera pas là pour accueillir la famille, pour annoncer aux parents de Clara que c'était fini et elle en fut soulagée parce qu'elle n'aurait pas à affronter, dans les yeux de la mère, le vol qu'elle avait commis.

C'était à tout cela que pensait Bérénice en regardant la lettre posée sur la table.

Elle se décida à la déplier, les mains tremblantes, tentant de ne pas la déchirer dans sa fébrilité, se disant qu'elle pourrait toujours la rapporter à l'hôpital le soir même puis commença à lire : « *Mamacita, il ne faudra pas t'en vouloir tu sais...* »

La lettre de Clara parlait d'amour et de vie et cherchait à consoler sa mère au-delà de sa mort. Elle n'était pas très longue – une lettre d'une adolescente somme toute banale, mais Bérénice la trouva belle, juste, et elle résonnait étrangement en elle.

L'infirmière se fit porter pâle le lendemain, terrorisée à l'idée que la famille connaisse l'existence de cette lettre et que tout l'hôpital ne soit en train de la chercher. Elle ne savait plus comment faire pour réparer sa faute et se libérer. Elle pensa que si on découvrait ce qu'elle avait fait, elle perdrait son travail. Elle passa cependant le week-end à relire cette lettre, entre culpabilité et désir, dans un plaisir étrange teinté de honte, puis retourna à l'hôpital le lundi soir pour reprendre son service.

Et la lettre resta sur la table.

Bérénice la lisait en rentrant de son travail, le week-end à toute heure, se relevait de ses nuits pour la parcourir encore. Jour après jour, les mots étaient lus et relus, le papier se froissait, l'encre s'usait et s'effaçait de toutes ses caresses. Elle en connaissait chaque virgule, chaque respiration *« Je sais que tu me garderas près de toi en mon absence. »* Elle aimait y sentir l'amour de la jeune fille pour ses parents et sa certitude d'être aimée en retour ; elle se disait qu'elle aussi aurait aimé ainsi son enfant. Accro à des mots qui ne lui étaient pas destinés. Fascinée par l'amour qu'elle recevait de cette enfant qui n'était rien pour elle.

Elle relisait ces lignes comme si la fille qu'elle n'avait jamais eue les lui écrivait : *« Essaye de ne pas lire mon journal intime s'il te plaît. »* Elle chérissait cette lettre lorsqu'elle rentrait d'un déjeuner chez l'une de ses cousines avec toute sa marmaille et se réjouissait de la maturité de cette jeune fille qui était un peu devenue la sienne à présent.

*

Un jour, sans encore savoir pourquoi, elle chercha dans le dossier de Clara l'adresse de ses parents. Ils n'habitaient pas loin de chez elle. Bérénice commença à se rendre fréquemment dans leur rue, à traîner dans les cafés alentour, guettant au passage la femme qui avait perdu son enfant. La voir marcher, sourire parfois, la rassurait sur la monstruosité de son crime. Si elle tenait encore debout, si elle sortait encore de chez elle, si elle arrivait à avancer sans cette lettre, c'était peut-être mieux pour elle de ne pas la lui avoir donnée, se disait-elle encore. Elle découvrit ses habitudes, la suivit même un jour jusqu'au Père-Lachaise alors qu'elle allait mettre des fleurs sur la tombe de sa fille, tremblant d'être surprise là où elle n'avait rien à faire, préparant déjà son mensonge.

Et puis un jour, la femme la reconnut :

— Vous travailliez à Saint Louis n'est-ce pas ? Vous étiez là pour notre Clara ?

Et elles commencèrent à parler ; et avant de s'en rendre compte, Bérénice lui donna son numéro de téléphone. Les deux femmes se revirent assez vite et le lien se poursuivit au fil des conversations au point de se dire amies un jour. Bérénice apprit que Maria, la mère de Clara, était d'origine vénézuélienne, qu'elle s'était installée en France par amour et y était restée pour fonder une famille. Avocate de formation, elle avait tout arrêté pour élever sa fille unique. Et le cœur de Bérénice battait au rythme des souvenirs et de la douleur de cette femme. Pourtant, lorsqu'elle rentrait chez elle, Bérénice retrouvait la lettre qui n'était pas pour elle, des mots qui s'adressaient à cette autre femme, un amour qui ne la concernait pas. Et elle gardait cette lettre pour elle, jalousement. *« Tu feras attention à Papa, tu sais comme il est sensible. »* La mère de Clara lui avait parlé de son mari, de leurs difficultés à vivre ensemble leur deuil, des accusations qu'ils se jetaient à la figure, de l'impossibilité qu'elle avait à se pardonner, à croiser même parfois le regard de son mari. Quelle absolution pouvait-elle espérer puisqu'elle conduisait au moment de l'accident ? Comment prendre dans ses bras l'homme à qui on avait arraché le cœur ? Comment consoler celui qu'on avait condamné ? Alors elle le laissait seul dans sa douleur et le regardait, impuissante, s'enfoncer dans la souffrance. Oui, la petite avait eu raison de s'inquiéter pour son père ; il n'allait pas bien. Mais tout cela elle ne pouvait pas le dire, ni à l'une ni à l'autre. Empêtrée dans son mensonge, coincée au milieu de leur dialogue qu'elle avait interrompu, interposée dans leur amour.

Et cette lettre volée devint à ses yeux une lettre écarlate qui marquait au fer rouge son âme et ses jours. Elle ne restait plus sur la table de son salon, mais auprès d'elle, à tous moments. Dans son sac quand elle partait travailler, dans sa blouse quand elle faisait son service, sur sa table de nuit quand elle s'allongeait à la recherche d'un sommeil qui se faisait rare. Elle portait sa faute sur elle ; son crime ne la quittait plus.

Cette lettre pesait sur sa conscience ; son vol donnait chair à tous ses péchés mais Bérénice ne savait pas comment faire. La brûler lui semblait sacrilège et s'en séparer était devenu impossible. Sa forfaiture lui apparaissait dans toute son horreur et pourtant elle ne pouvait pas plus s'empêcher de retrouver sa nouvelle amie que de lire les mots de Clara.

Elle en vint à croire que c'était la jeune fille qui les avait réunies en lui confiant la mission de s'occuper de sa mère. Que c'était pour cela que la lettre l'avait appelée ce jour-là à l'hôpital. Certains moments, elle pensait entendre l'adolescente lui parler, lui raconter sa vie après sa mort. Elle la voyait aussi clairement que si la jeune fille était encore vie et qu'elle était venue la voir.

D'autres fois, elle imaginait que Clara était la fille qu'elle aurait pu avoir ; qu'elle lui écrivait des limbes où restent les âmes qui ne viennent pas au monde. Son esprit s'égarait alors et elle s'apitoyait presque sur elle-même de la perte de cette enfant qui n'était jamais née.

*

Bérénice continua son service à l'hôpital, mais s'était coupée peu à peu de sa famille et de ses amis, déjà peu nombreux, se réfugiant derrière un trop-plein de travail. Elle ne pouvait pas leur parler de cette lettre, de son crime et de Clara, mais ne savait plus parler d'autre chose. Sa vie s'était réduite à une triade improbable : hôpital, lettre de Clara, maman de Clara. Sa nouvelle trinité à elle.

Elle ne dormait plus, ou presque, se levait au bout de quelques heures à peine se sentant prête à sauver tous ses patients. Lorsqu'elle rentrait de son travail de plus en plus exsangue, elle reprenait son dialogue imaginaire avec la jeune fille, énumérait les excuses qu'elle s'inventait pour garder encore auprès d'elle sa lettre, habitée par la peur que Maria ne découvre sa trahison.

Un jour, sans prévenir, inquiète du silence de sa fille, sa mère était venue à la sortie de Saint-Louis l'attendre. En la voyant de loin, Bérénice avait fait demi-tour, traversé tout l'hôpital pour sortir par l'autre côté sans risque de la croiser. Elle avait couru presque jusqu'à la place du Colonel-Fabien et s'était engouffrée dans le métro. Puis, elle avait plongé sa main dans le sac, senti la lettre et là seulement, respiré un peu plus calmement.

Sa mère ne pouvait pas comprendre et Bérénice ne voulait pas avoir à s'expliquer.

*

Son esprit se fracturait pris entre deux réalités qui lui semblaient tout aussi véritables l'une que l'autre.

*

Cet état de fébrilité permanente, d'agitation intérieure dévastatrice, de dissociation entre la réalité des autres et sa propre réalité, conduisit Bérénice aux portes de la folie. Elle cessa un jour d'aller au travail et congela son téléphone de peur qu'il n'enregistre ses conversations avec Clara. Ses collègues à Saint-Louis s'inquiétèrent de sa disparition et téléphonèrent au bout de trois jours au contact référent dans son dossier. Sa sœur Pauline n'avait pas répondu, alors c'était sa cousine Simone qui débarqua chez elle. Elle frappa sans obtenir de réponse alors qu'elle entendait du bruit, frappa encore. Bérénice finit par ouvrir. Elle semblait désorientée, sale, excitée, méfiante et commença à parler, sans vraiment faire sens aux yeux de sa cousine, l'accusant de vouloir lui voler sa fille, d'être jalouse de leur relation si profonde.

Simone essaya de la calmer, de lui dire de s'asseoir et de lui raconter calmement de quoi elle parlait. Mais Bérénice s'agitait de plus en plus. Elle brandissait une feuille de papier froissé, la lui agitant sous le nez en criant que sa fille n'aimait qu'elle et que personne ne pourrait les séparer. Elle ne s'arrêtait plus ni de parler ni de marcher et n'écoutait qu'elle.

Simone ne raffolait pas particulièrement du monde médical – ce qui était un sujet de plaisanterie entre elles – mais à ces mots, elle comprit que quelque chose n'allait vraiment pas bien, que sa cousine semblait littéralement délirer et se décida à appeler le SAMU.

*

Bérénice avait fait une crise psychotique. Le médecin avait craint qu'elle ne se fasse du mal et l'avait admise au service d'urgence de Sainte-Anne. Il diagnostiqua une dépression et commença le traitement.

Les sessions et les médicaments permirent à Bérénice assez rapidement de reprendre pied. Elle pourrait bientôt rentrer chez elle. Elle serait bonne pour une psychothérapie de longue durée, mais c'était quelque chose avec lequel elle pouvait vivre, et qui sait, qui pourrait lui faire du bien. Mais il fallait qu'elle se débarrasse de sa boîte de Pandore !

— Maman, c'est moi.

— Ma chérie ! Comment tu te sens ? J'ai essayé de passer hier mais tu étais occupée avec le médecin…

— Maman, la coupa-t-elle, j'ai besoin que tu fasses quelque chose pour moi et surtout, tu ne poses pas de questions.

— Oui mon cœur, dis-moi.

— Est-ce que tu peux aller chez moi ? Tu devrais trouver par terre ou sur la table, je ne me souviens plus trop, une lettre sur une feuille blanche à lignes qui commence par *« Mamacita chérie »*. Surtout tu ne la lis pas, s'il te plaît !

En entendant la tension dans la voix de sa fille, Claire préféra garder le silence et attendit la suite.

— Est-ce que tu peux la mettre dans une enveloppe et l'envoyer à cette adresse : Madame Maria Legrand, 28 rue Pierre Semard, dans le Xe.

— Qui est cette Maria ma chérie ?

— Pas de question maman s'il te plaît. S'il te plaît, tu peux faire ça pour moi ? C'est important, ajouta-t-elle doucement.

— Bien sûr mon cœur, ne t'agite pas, je m'en occupe et toi, tu t'occupes de toi et de te reposer.

La conversation prit fin rapidement ; Bérénice était épuisée par ce coup de fil, par l'idée de cette lettre qui devait reprendre son voyage et aller enfin vers son légitime destinataire. Elle espéra que sa mère avait compris l'urgence de sa mission.

*

Lorsqu'elle rentra chez elle quelques jours plus tard et ouvrit la porte, elle ressentit une légère appréhension à l'idée de revivre visuellement ses jours de plein délire. Sa mère, bénie soit-elle, avait pris soin de tout ranger et de nourrir Calypso. Le chat s'avança vers elle, se frotta sur ses jambes, et bondit sur la table. Une table, qu'elle vit, entre effroi et soulagement, absolument vide.

*

Lorsque Maria reçut l'enveloppe, elle était sur le point de quitter son mari et de repartir au Venezuela. La douleur les avait éloignés sans voie de secours lui semblait-il. Elle avait besoin de faire le point, et c'était chez elle, là-bas, qu'elle pourrait le faire puisque plus rien ne la retenait en France.

Lorsqu'elle ouvrit l'enveloppe, elle ne comprit pas tout de suite que c'était sa fille qui lui écrivait. Comment aurait-elle pu imaginer aussi que Clara lui parlait d'outre-tombe ? Si elle reconnaissait l'écriture, les mots, si elle se souvenait du ton, rien ne faisait sens pour elle. Lorsqu'enfin elle comprit, elle crut entendre la voix de sa fille, éclata en sanglots et commença à lire réellement. Et lorsqu'elle remit la lettre dans l'enveloppe, elle décida d'annuler son billet pour Caracas et de rester encore un peu avec le père de Clara.

Mamacita chérie,

Il ne faudra pas t'en vouloir tu sais. L'accident n'était pas de ta faute et j'aurais dû te dire plus tôt que j'avais si mal à la tête si souvent. Alors pas de remords si l'opération ne se passe pas bien, d'accord ?

Si on regarde le côté positif, tu vas enfin pouvoir ranger ma chambre comme tu le voulais... J'imagine que tu vas tomber sur mon journal intime ; essaye de ne pas le lire quand même s'il te plaît. J'aimerais garder mes secrets et tu n'y trouveras rien pour te consoler.

Je serai là-haut pour veiller sur vous, sur papa surtout. Tu feras attention à lui ? Tu sais comme il est sensible et fragile, et il m'aime tellement, ce ne sera pas facile pour lui. Papa ne croit à rien à part à nous. Sois patiente avec lui. Il aura besoin de toi. Toi, tu sais que je ne serai pas loin et moi je sais que tu me garderas près de toi en mon absence et que nous serons malgré tout encore ensemble.

Voilà, ma petite maman chérie, prends soin de toi
Je t'aime
Ta fille unique et préférée.

4. Le Zouave

Au départ, Pauline ne s'était pas étonnée plus que ça, parce que, pensait-elle, elle courait plus ou moins à la même heure, aux mêmes jours. Elle se disait simplement qu'il était aussi régulier qu'elle. Une drôle de coïncidence, voilà, mais pas de quoi le raconter à ses amis ou à ses sœurs. Juste de quoi sourire de ces bizarreries de la vie. Après tout, elle était censée être la rationnelle dans sa famille de fous ; il n'était pas question de tomber dans l'absurde. Et puis elle n'allait pas inquiéter davantage sa mère qui avait suffisamment à faire depuis le burn-out de sa sœur jumelle Bérénice.

Pauline avait cependant commencé à faire attention à ce marcheur sans nom. Elle s'était évidemment interrogée sur les habitudes de cet homme qu'elle croisait invariablement les mardis et les vendredis avec une précision de métronome. Il semblait vivre dans la rue, sans domicile fixe comme on disait aujourd'hui, et portait toujours le même sac de la même main droite. C'était même cela qu'elle avait remarqué en premier ; ce détail qui avait attiré son attention d'une course à l'autre et l'avait poussée à identifier ce passant dans la foule des promeneurs. Un sac rempli à ras bord, vert vif, en plastique usé.

D'où venait-il ? Où avait-il dormi ? Venait-il de se réveiller ? Où allait-il de cette démarche calme et régulière ? Les questions s'enchaînaient dans le vide. Elle se demanda s'il l'avait remarquée lui aussi, s'il la reconnaissait semaine après semaine.

Puis elle avait compris qu'elle le croisait, quel que soit le jour où elle décidait d'aller courir, quelle que soit l'heure de sa course. Elle le dépassait toujours au même endroit, avant de passer sous le pont et de prendre la rampe qui la ramenait des berges vers la rue. Là, juste là, sous le pont de l'Alma où s'accroche la statue du *Zouave*. Leur rencontre était réglée comme du papier à musique. Il était là, à chaque fois, avançant de sa démarche lente qui semblait inarrêtable. Il était là, encore et encore, si bien qu'était venu le moment où elle s'était dit qu'elle ne pouvait plus en parler sans risquer un sourire de raillerie. Elle se demandait même si elle ne souffrait pas d'un vague trouble de son imagination débordante. Qui la croirait ? Ou alors, on ne la croirait que trop peut-être ? Et l'angoisse d'une instabilité mentale rampante la glaçait parfois mais cela ne durait pas longtemps. Elle se savait équilibrée, posée, ennuyeuse pour tout dire.

*

Le sac bigarré et vert, la veste courte usée, un drôle de turban de guingois sur la tête, son regard presque vide, la paupière gauche tombante, l'homme avançait droit devant lui et alors que leurs yeux se rencontraient, qu'elle avait souri à la quatrième ou cinquième occasion, qu'elle cherchait même un contact depuis lors, ne serait-ce que pour se dire qu'elle ne souffrait pas d'une hallucination unilatérale, alors que leurs yeux se croisaient, elle ne parvenait pas à déceler la moindre étincelle de conscience dans ces prunelles sombres. Rien. Et encore moins qu'il la reconnaissait. Simplement ce regard au loin, teinté de tristesse, écrasé par la vie.

Lorsqu'elle partait courir, au moment de lacer ses baskets, c'était à lui qu'elle pensait à présent. Et lorsqu'elle rentrait plus tard, c'était encore à lui qu'elle pensait. Parce que la coïncidence était trop incroyable pour laisser de marbre son esprit. Parce qu'elle croyait au hasard comme à une force qu'il faut savoir écouter.

Elle avait commencé à spéculer, à s'imaginer sa vie, ses déboires. Elle avait eu les larmes aux yeux en pensant aux épreuves qui avaient pu le conduire à vivre seul dans la rue. Elle avait aussi pensé qu'il faudrait s'arrêter, lui parler, lui proposer son aide. Et en même temps, elle était fascinée par ce qui semblait être une anomalie rocambolesque. La curiosité l'emportait, elle voulait voir combien de temps ce drôle de manège allait durer.

Depuis qu'il était entré dans sa vie, elle descendait du pont de la Concorde en accélérant sa foulée. Elle se hâtait pour atteindre ce moment qui ne durait que quelques secondes. Elle commençait à le chercher du regard bien avant le pont de l'Alma. Son souffle se heurtait un peu de son excitation face à ce phénomène étrange, presque en apnée ; soulagée lorsqu'enfin elle le repérait. Elle souriait alors, à lui autant qu'à la vie qui offre de ces drôles de moments ou qu'à son esprit qu'elle jugeait légèrement divaguant mais amusant pour une fois.

Septembre était passé puis octobre. Et course après course, celui qu'elle avait commencé à appeler « le Zouave », était là. Comme si l'espace-temps se figeait autour d'eux pour les ramener encore et encore à ce point de rencontre inéluctable entre eux. Elle avait envisagé de le prendre en photo en passant pour faire des recherches sur lui mais n'avait pas osé ; trop mal élevé ; trop agressif aussi lui semblait-il. Pauline ne s'était jamais retournée non plus après l'avoir dépassé. Comme si elle ne pouvait s'affranchir de la règle tacite instaurée. Celle qui devait laisser la rencontre en suspens et la place à toutes les spéculations de son âme de plus en plus inquiète. Elle n'avait pas changé son trajet non plus, incapable d'être celle qui mettrait fin à leur aventure improbable.

Novembre était arrivé et la peur aussi. Peut-être qu'il savait pertinemment ce qu'il faisait. Peut-être qu'il la suivait. Peut-être qu'il cherchait à l'intimider. L'étrangeté avait mué en crainte. Bizarrement, elle n'envisageait toujours pas d'arrêter de courir ou de changer d'itinéraire. Mais quand elle rentrait chez elle à présent, Pauline vérifiait que le Zouave ne l'avait pas suivie. Quand elle sortait de chez elle, elle regardait s'il n'était pas là, à l'attendre sous une porte cochère. Mais non. Le Zouave n'était jamais ailleurs qu'à marcher face à elle sous le pont de l'Alma. Et cet enlacement de leur route n'était pas naturel. La nuit du mois de décembre se prolongeait maintenant quand elle partait courir le matin. Et c'était sous un ciel sombre et glacé qu'elle le croisait désormais. Les autres joggeurs, épars autour d'eux, n'offraient plus aucun secours aux frayeurs de la jeune femme. Le froid ajoutait à la scène une touche oppressante. L'impression étouffante de vivre un mauvais scénario de film qui ne pouvait que très mal se terminer. Elle s'était convaincue certains soirs dans son lit que son Zouave était le *Zouave* de l'Alma ; qu'il s'était éveillé et arpentait les rues, perdu dans la ville ; qu'il s'était lassé d'attendre sous le pont, les pieds dans l'eau ; fatigué de voir couler la Seine comme il avait vu couler le sang. Le guerrier redoutable de Crimée avait laissé la place à un homme esquinté. Il était à bout, de vie, d'espoir, d'attente.

Ce dont elle était certaine, c'était que tout cela n'était pas normal et que la place que cet homme occupait maintenant dans sa vie n'était pas raisonnable ; mais elle ne voyait pas non plus comment s'en sortir. Course, après course, après course, le Zouave avait pris une dimension surnaturelle. Elle avait succombé à l'imagination, mère d'égarement, maîtresse d'erreur, fille de fausseté, une imagination qu'elle ne se soupçonnait pas en elle.

Cet homme était le *Zouave* de pierre qui s'était animé ; ou plus angoissant encore le Zouave de la bataille de l'Alma revenu d'entre les errants.

Elle se réveillait la nuit et échafaudait dans son lit les théories les plus farfelues. Mais, ce qui avait commencé presque comme un jeu de hasard, dans les silences de ses angoisses, l'étourdissait à présent. Un duel avec la mort avait commencé. Chacun des pas du Zouave était comme un grain du sablier de sa vie qu'il lui prenait. Chacun de ses pas sonnait comme une condamnation. Le Zouave était son histoire, en marche, et il signait sa fin annoncée. Le fil de son existence s'était entrelacé au fil de ses courses et de ses rencontres avec lui. Certains soirs, elle pensait même qu'il était une des Parques venue l'avertir, et que le jour où il ne passerait plus serait son dernier jour sur Terre.

Sa sœur Elvire cherchait Dieu à tous les coins de rue ; elle avait trouvé sans le vouloir une divinité sous un pont.

Pauline se levait et s'habillait, anxieuse à l'idée de le croiser, terrifiée à l'idée de ce qu'il représentait de son sablier du temps. Elle ne pouvait même pas lui en vouloir. Lui aussi semblait accablé de la tâche qui était la sienne, du reste de la vie qu'il lui donnait à vivre, et qu'il comptait, pas après pas, comme s'il l'usait. Et en même temps, n'était-ce pas une chance de savoir en le croisant que ce jour ne serait pas le dernier ?

Persuadée alors qu'il était le messager de sa fin, elle commença à s'organiser. À mettre tout en ordre pour sa postérité. Lettres pour sa famille, dispositions pour son enterrement, destruction de cahiers trop intimes pour être lus par ceux qui trieraient ses affaires… Elle construisait l'image de la morte qu'elle voulait être pour les siens. Puis elle se sentit prête. Ils avaient fêté Noël ; la messe avait été particulièrement éprouvante pour elle parce qu'elle n'avait pas pu s'empêcher de sombrer dans un sentimentalisme sirupeux et nostalgique, pleurant à chaudes larmes sur sa propre mort, sur ses deux enfants si petits et qui ne se souviendraient plus d'elle bien trop tôt. Une forme d'adieu mais qu'elle ne pouvait partager avec personne. Et pendant toute la célébration, elle avait vécu par anticipation sa messe d'enterrement, écrit le discours du prêtre sur sa jeunesse, choisi les fleurs toutes blanches et la musique qu'elle aimait. Ce serait beau, oui. Ils pleureraient évidemment, se désolant de cette vie cruellement arrachée, du vide qu'elle laissait dans leur vie. Tous, ils loueraient sa gentillesse et son dévouement à sa famille, sa générosité et sa bienveillance. Quel dommage qu'elle ne puisse pas en profiter, vraiment, renifla-t-elle dans les bras de son mari qui ne comprenait rien à cet accès de tristesse soudain qui accablait sa femme.

Mais rien. L'hiver avait passé, et ils étaient encore là tous les deux, son Zouave et elle. Pauline se sentit effroyablement ridicule. Soulagée bien sûr, perplexe, mais presque perdue aussi. Pourquoi le Zouave était-il entré dans sa vie ? De quoi était-il le témoin ? Qu'attendait-il d'elle ? Elle se demandait de quelle représentation fantasmatique il était le réel. Quelle illusion se mettait en mouvement dans les pas de ce passant ? Il lui faudrait aller voir quelqu'un pour en parler, pensa-t-elle encore.

Mais en attendant, alors qu'autrefois elle redoutait de le croiser, voilà qu'elle ne courait plus que pour le voir. Elle n'avait plus peur. L'étrangeté, d'inquiétante devint réconfortante. Il n'était pas là pour lui annoncer la fin de sa vie ; elle courait à présent le cœur léger à la rencontre de cet homme avec qui elle n'avait toujours pas échangé un mot.

Et elle, dont le père avait disparu depuis tant d'années, qui venait de cette famille si matriarcale qu'elle en avait éliminé les hommes, les considérant au mieux comme des reproducteurs, au pire comme des nuisibles, elle voulut voir dans ce Zouave qui la retrouvait avec fidélité chaque matin une figure de l'homme qui l'avait engendrée. Elle s'imagina que son père était seul et dans la rue lui aussi. Elle envisagea même que ce fût lui. Il sortait de l'ombre pour lui révéler le secret de son absence. Aurait-il été si effacé de sa mémoire qu'elle ne l'aurait pas reconnu ? Non, impossible bien sûr. Mais la Providence essayait sans doute de lui dire quelque chose. Son père avait besoin d'elle qui sait. Elle se dit qu'il faudrait engager des démarches, sans rien dire à sa mère qui s'inquiéterait. Elle savait que son père avait été violent, mais il avait peut-être changé. Et puis, c'était l'histoire de ses parents, pas de la sienne avec lui. Sa mère les avait élevées toutes les trois sans père ; refusant la discussion quand petites elles essayaient d'aborder la question. À leur désir d'avoir un papa comme les autres enfants, elle répondait invariablement : « On n'a pas besoin d'eux. » Et dans ce monde sans homme qui était le sien, elle se rendit compte que le vide n'avait pas été comblé.

*

Le 26 mars, Pauline se réveilla sereine. Elle était prête, s'habilla et partit courir.

Elle ne revint pas chez elle ce jour-là.

*

La police envisagea une fuite, un assassinat, un accident. Elle interrogea sa mère, ses sœurs, ses cousines. Elle éplucha les hôpitaux, les cartes de crédit, les frontières. Elle questionna son mari, leur couple, leur relation. Mais rien de bien concluant. L'affaire ne semblait pas les affoler non plus. Pauline était adulte, elle avait le droit de s'évaporer dans la nature ou de partir à l'autre bout du monde si ça lui chantait. On recensait plus de quarante mille disparitions chaque année en France leur apprit-on, et la grande majorité des gens étaient retrouvés dans les jours ou les mois qui suivaient. Elle reviendrait sans doute. Dix mille de ces disparitions étaient classées comme préoccupantes ; le cas de cette coureuse ne fut pas considéré comme particulièrement inquiétant. Pour eux, ne cessaient-ils de dire, il n'y avait rien d'alarmant et la jeune femme avait le droit de les quitter sans explication.

Pauline avait simplement disparu, évanouie un petit matin, sans laisser de traces.

*

La jeune femme n'était pas loin pourtant. Ce 26 mars au matin, après avoir croisé son Zouave, elle s'était retournée pour la première fois, avait arrêté sa course, fait demi-tour et commencé à le suivre, à pas lents. Il l'avait conduite jusqu'à l'église de la Madeleine. Elle le découvrit bénévole au foyer. Alors, elle s'assit à une table et le regarda travailler sans oser encore aller lui parler. Elle observait autour d'elle les gens pénétrer timidement dans les coursives, seuls ou par groupes, s'asseoir le long de ces salles voûtées, à des tables isolées ou à une grande tablée pour chercher un peu de contact. L'ambiance était bon enfant. On parlait peu mais les regards échangés se souriaient et racontaient en silence les histoires des uns et des autres. Après le service du déjeuner, son Zouave s'approcha d'elle et lui tendit simplement un torchon. Est-ce qu'il la reconnaissait enfin ? Sans poser de questions, elle le prit et commença à frotter les tables. Puis elle le retrouva dans la cuisine pour l'aider à nettoyer la vaisselle. Quand la salle se fut vidée et que l'office fut propre, le Zouave lui apporta un café et, sans un mot, attendit. Mais Pauline n'avait plus aucun doute. Cet homme n'était évidemment pas son père ni un héros de bataille napoléonienne, encore moins une déesse mythologique. L'imagination débridée de sa famille avait frappé et pourtant elle était encore émue par lui au-delà de toute cohérence.

Elle aurait dû, à ce moment-là, se lever et rentrer chez elle, auprès de son mari et de ses enfants. Mais elle n'y arriva pas. Clouée sur cette chaise, elle ressentait au plus profond d'elle-même son impuissance. Le jour tombait et le Zouave, qui n'avait toujours pas prononcé une parole, remit son manteau et se dirigea vers la sortie. Là encore, Pauline s'apprêtait à le suivre mais elle se rendit compte qu'elle ne pouvait pas continuer à calquer ses pas sur ceux de ce presque inconnu. Incapable de rentrer chez elle ou de parler à sa famille, Pauline resta assise dans ce foyer.

Perdue dans ses pensées, elle ne vit pas les premières femmes arriver, regrouper les chaises, commencer à discuter. Elle comprit que le sous-sol accueillait à présent une association de femmes battues. Très gênée, elle pensa partir mais ne voulut pas les interrompre, alors elle écouta ces femmes blessées, courageuses, paralysées parfois dans leur vie. Elle se demanda si sa mère était venue ici, elle aussi, si c'était dans un lieu comme celui-ci qu'elle avait trouvé de l'aide et le courage de quitter l'homme brutal qui partageait son quotidien. Et lorsque la femme qui animait la discussion se tourna vers elle pour lui demander si elle voulait parler, Pauline bégaya en secouant la tête. Elle comprit qu'on la prenait pour une victime, venue ici chercher du secours. Mais ça, c'était l'histoire de sa mère pas la sienne. Elle n'osa cependant pas les détromper. À la fin de la réunion, l'une d'entre elles s'approcha et lui dit : « Tu sais où dormir ce soir ? » Elle fit non de la tête. La femme, la cinquantaine bien sonnée, le regard franc et droit, les cheveux grisonnants coupés en carré propre, la voix claire, se présenta en lui tendant la main :

— Anne.

— Pauline, répondit gênée notre coureuse.
— Si tu veux, j'ai un lit dans mon arrière-boutique. Je suis artisan. C'est pas le Ritz mais personne ne viendra t'emmerder chez moi.

Anne lui offrait un toit, sans poser de questions, sans rien demander en échange, sans rien attendre même. Pauline n'avait pas d'argent sur elle, nulle part où aller. Il lui faudrait trouver un moyen de subsistance rapidement si elle ne rentrait pas chez elle, mais en attendant, alors qu'elle savait au plus profond de son corps qu'elle avait besoin d'un peu de temps pour réfléchir, elle accepta avec un sourire reconnaissant.

Sa première nuit loin de chez elle, dans cette chambre spartiate, allongée sur un petit lit individuel, en pensant à son joli appartement, à son mari et à ses deux enfants, au temps ensemble qu'elle leur volait, Pauline se demanda si elle n'était pas devenue folle.

*

Le lendemain matin, Pauline rencontra le fils d'Anne qui travaillait avec elle. Habitué à la voir ramener les chiens sans colliers, les écorchés, les égarés, lui non plus ne posa pas de questions. Il savait ce par quoi sa mère était passée, la détermination qui avait été la sienne pour le protéger des coups et de la violence. Il ne contestait jamais ses choix et sa force tranquille.

Les faïences innombrables coloraient l'atelier tout simple qui s'était laissé envahir par le travail, les argiles et les moules. Le four occupait presque tout le reste de l'espace et cadençait leur journée. Il était le maître des lieux. Quand il cuisait leurs créations, tous suffoquaient ; quand il se reposait, les trois devaient accumuler les couches de vêtements pour ne pas grelotter. Ils respiraient au rythme de ce monstre. Pauline aidait comme elle pouvait, en rangeant, en nettoyant. Elle préparait les repas aussi. Tout cela n'était pas très utile mais elle avait l'impression de compenser un peu sa duperie.

Les jours passèrent sans que la jeune femme ne trouve la force d'appeler chez elle pour rassurer les siens. Elle n'était pas encore prête. Mais elle ne pouvait pas non plus rester là plus longtemps. Le malentendu initial créait un gouffre entre eux. Cheminer lui était apparu comme la seule solution à son problème immédiat, à son impossibilité à faire front. La marche l'avait conduite ici, la marche la guiderait encore. Un pas après l'autre, ce leitmotiv s'imposait somme toute comme la suite logique de sa rencontre avec le Zouave Elle n'avait pas vraiment d'autre objectif que celui de prendre la route. Alors, elle prépara son départ et Anne l'aida une nouvelle fois.

*

Très vite, Pauline trouva son rythme ; elle parcourait une trentaine de kilomètres par jour sur les sentiers et les routes et proposait ses services en échange du gîte dans les maisons d'hôte le long du chemin. Elle aimait les rencontres quotidiennes inconnues, la conscience de son corps et de sa fatigue physique en fin de journée qui l'empêchait de trop penser à ce qu'elle avait laissé derrière elle, le sentiment de plénitude à voir les kilomètres défiler sous ses pieds, la satisfaction du chemin parcouru, des étapes franchies. Elle savait qu'elle devrait rentrer, pour ses enfants, oui, mais pas tout de suite.

Elle décida d'aller jusqu'en Autriche d'où était originaire son père et de là, appeler sa famille. Il lui faudrait encore deux mois avait-elle calculé. Elle serait partie à peine trois, ce n'était pas si long. Bien sûr, pensait-elle, ils devaient tous se tourmenter, mais elle n'était pas prête à recevoir cette inquiétude, pas prête à expliquer son geste monstrueux. Paris lui semblait loin pour l'instant. Elle retournerait vers les siens, mais d'abord, mener cette marche.

Sur la route, elle cessait de se sentir Danaïde. Elle pouvait laisser libre cours à sa fantaisie, se débarrasser du carcan de devoirs qu'elle s'était imposés. Elle n'avait plus à penser aux réunions avec le nouveau chef de projet, aux Zoom avec le développeur, aux discussions avec ses associés, aux feuilles Excel du budget, aux rendez-vous de dentiste pour son fils, aux chaussures de sa fille, aux entraînements de basket, aux rappels de vaccins, aux devoirs à faire, aux courses de supermarché, aux factures à payer, au loyer qui augmentait, à plaire à son mari, aux menus des dîners, à la saisonnalité des fruits, à sa déclaration d'impôts, à renouveler sa carte SNCF, aux vacances à planifier, à se maquiller le matin, à appeler sa mère, à vider la poubelle, à convaincre le plombier de passer, à se rendre désirable par tous et tout le temps, à cette longue liste de tâches qui s'écrivait dans sa tête, soir après soir, qui se remplissait aussi vite qu'elle la cochait et qui l'avait laissée épuisée à l'aube de ses quarante ans.

Elle pensait souvent à l'internement de sa sœur Bérénice, à la crise psychotique qui l'avait submergée pendant qu'elle-même traversait une forme de crise existentielle et se demandait si la folie était génétique, si sa famille souffrait d'un trouble mental héréditaire qui aurait sauté des générations pour les frapper, elle et sa sœur, à peu près au même moment ? Mais elle n'y croyait pas vraiment.

*

Arrivée à Innsbruck, elle n'était simplement pas encore prête à leur rendre des comptes et à tout recommencer avec son mari et ses enfants. Alors, elle continua à marcher, plus loin. Elle se demandait de moins en moins souvent si elle faisait fausse route. Elle avait appris qu'en chemin elle pouvait laisser advenir le hasard. Pauline portait ses pas à l'aventure, toujours plus libre, toujours plus coupable. Elle s'était affranchie mais dans sa liberté fraîchement acquise surgissait la honte d'avoir abandonné sa famille, et plus le temps passait, plus les kilomètres s'accumulaient, moins elle était capable de mettre des mots sur ce qui la traversait. Toute justification lui aurait semblé dérisoire. Incapable de renoncer à cet éloignement, impuissante à revenir, il lui restait à avancer, errante à son tour.

Pauline commençait à arpenter le monde.

Il n'était pas temps de rentrer.

5. Pas une

« De toute façon, il n'y a pas une femme heureuse dans cette famille ! »

Le voisin d'Emma dans le bus 73, entre Assemblée Nationale et Concorde, se retourna pour voir qui avait prononcé ces mots à l'effet dramatique certain. Ravissante, pensa-t-il. Et il ne put résister à continuer de tendre l'oreille, curieux par avance de ce qui ne manquerait pas de justifier cette sentence très définitive. La jeune femme s'adressait à une femme bien plus âgée, toute de rouge vêtue.

« Mais si Yaya, regarde. Tante Anouk meurt d'amour et tante Simone meurt de désamour même si elle croit que personne ne la voit. Ça en fait deux. Tante Amélie est complètement maniaque ; tante Bérénice a carrément été internée, tu te rends compte ! »

La jeune femme énumérait sur ses doigts cette liste de prénoms féminins.

— Tante Pauline, elle, a disparu du jour au lendemain en abandonnant mari et enfants. Pouf, plus de tante Pauline. Remarque, pour une fois que c'est pas le mec qui se barre. Et je ne te parle pas de la génération suivante ! Les cousines sont toutes plus paumées les unes que les autres, moi y compris ! Non franchement, cite-moi une femme de cette famille qui va bien ? À part toi bien sûr, ajouta-t-elle dans un sourire tendre.

— Je trouve que ta mère va bien, compte tenu des circonstances.

— Tu sais très bien que maman était obsédée par son boulot, ne vivait que par lui et que depuis que la boîte l'a virée comme une malpropre, après vingt ans de bons et loyaux services, elle est au fond du gouffre. Il faut dire qu'elle n'avait pas hésité à sacrifier son mariage et nous dans la foulée sur l'autel de sa carrière et qu'elle se sent un peu désœuvrée maintenant. Entre son petit verre de vin blanc et ses antidépresseurs, franchement, il n'y a pas grand-chose à en tirer. Le seul qui arrive encore à déclencher de vagues réactions, c'est le chien. Tu imagines ! Et là, c'est du grand n'importe quoi ! Tu sais que cette affreuse chose dort à présent avec elle dans le lit et que lorsque papa s'approche, il grogne, se dresse sur ses ergots et menace d'attaquer ; résultat, les parents font chambre à part et papa a investi mon ancienne chambre. Non je te dis, j'ai réfléchi, pas une femme !

— Et toi ma chérie ?

— Moi ? ben… je te l'ai dit, c'est pas glorieux. Prenons dans le désordre : j'ai vingt-cinq ans, pas un mec à l'horizon, des kilos en trop et j'ai raté mon barreau. Deux fois ! Du coup, je ne suis pas encore avocate comme je l'ai toujours rêvé et donc très très loin de plaider dans les procès les plus intéressants de la place de Paris et même de m'en approcher. Attends, je sais ce que tu vas me dire, ne t'énerve pas ; j'ai confiance en moi, la Simone Veil en moi a confiance, je vais y arriver, cette année est la bonne ! Mais disons que c'est un peu plus laborieux que prévu et que si j'arrêtais de paniquer aux examens, ça m'aurait fait gagner du temps. Bref, en attendant le sésame officiel, je suis exploitée par mon cabinet en tant que stagiaire-avocate, et suis obligée de multiplier les cours particuliers pour pouvoir payer mon studio, ce qui n'est pas dingue, convenons-en. Quant aux mecs, les seuls que je trouve sympas sont gays. Et mes kilos… Mes kilos, je ne sais pas bien quoi en faire, ajouta-t-elle en soupirant et en se tapotant les cuisses. Non franchement, Yaya, sans mauvais jeu de mots, pas de quoi écrire à sa grand-mère pour l'instant.

Ali la trouvait piquante, voluptueuse et drôle. Ses longues boucles noires lui semblaient hautement sensuelles. Il eut envie d'intervenir pour la rassurer sur son degré de désirabilité mais n'osa pas. Et elle enchaînait déjà :

— Tu sais que tante Elvire part chez les illuminés ? Elle pense que ça va l'aider parce qu'elle a développé une théorie selon laquelle la famille serait maudite et que Dieu était peut-être la réponse à tous nos problèmes. Eh bien, parfois, je me demande si elle n'a pas raison. Je me demande même si on ne contamine pas toutes les femmes qui rentrent dans cette famille ! Je t'assure ; après ce qui est arrivé à Elena l'hiver dernier, c'est ce que je me suis dit. Imagine un peu, maudite pour treize générations… et en mode contagieux ! Les Templiers n'ont qu'à aller se rhabiller ! Je rigole, mais parfois, j'ai presque un peu peur.

— Chérie, c'est ridicule. Tu es charmante et ce n'est pas parce que nous avons été, un certain nombre dans cette famille je te l'accorde, incapables de réussir une vie amoureuse que toi non plus tu n'y arriveras pas. Je suis certaine qu'il y a quelqu'un pour toi, qui t'aimera comme tu es et qui te rendra heureuse. Et d'ailleurs le bonheur ne se résume pas à avoir un homme dans sa vie. Regarde-moi, je suis tellement plus libre depuis que je suis veuve. Non chérie, le pire n'est pas certain… même s'il est probable, ne put s'empêcher d'ajouter la vieille dame après un temps de réflexion en dodelinant de la tête.

La jeune fille éclata de rire et embrassa tendrement sa grand-mère. Les deux femmes s'apprêtaient maintenant à descendre à Concorde et Ali fut presque tenté de les suivre tout en se rendant compte de ce que cela aurait de bizarre ! Ce n'était pas son arrêt. Alors, il resta sagement assis, bêtement assis.

*

Ali travaillait dans une de ces grandes maisons de vente installées sur la place de Paris. Lui aussi avait fait des études de droit, mais par défaut, parce qu'il ne savait pas bien quoi faire et qu'il était plutôt bon à l'école ; il s'était rendu compte que la discipline le passionnait assez peu. C'est à l'occasion d'un stage d'été, par hasard, dans une maison de vente aux enchères qu'il avait su ; il avait trouvé un métier qui pourrait lui plaire et sa place, enfin, lui qui avait toujours été en décalage avec ceux de son âge, bien plus à l'aise avec des vieux barbons qu'avec des jeunes, bien plus intéressé par les objets d'un autre temps que par le dernier smartphone. Il était devenu commissaire-priseur et très vite un domaine d'expertise s'était imposé à lui : les dessins anciens. Aucun autre médium ne lui semblait témoigner autant de la magie qui s'opérait entre la main du peintre et sa pensée. Le dessin plus que tout autre support révélait le lien entre la part la plus intime de l'artiste et l'artisan qu'il avait dû être avant.

Sa spécialité, rare et peu convoitée, lui avait ouvert les portes d'un des poids lourds du secteur, et ce désamour de ceux de sa génération lui avait permis de grimper les échelons rapidement malgré sa jeunesse. À trente-deux ans, il dirigeait son département, certes peu à la mode, son époque ne jurant que par le design, l'art contemporain et les NFT qui faisaient une entrée triomphante sur le marché. Mais pour *ses* dessins anciens, peu d'engouement parmi ses contemporains. Si quelques-uns s'extasiaient encore devant une craie de Michel-Ange, une gravure de Goya ou un lavis de Rembrandt, aucun de ses amis ne connaissait la finesse d'un paysage de Lusieri ou n'admirait la poésie d'un nu de Boucher… Lui seul, semblait-il, s'intéressait à une scène de genre de Lucas van Leyden ou pouvait encore se laisser séduire par l'impertinence d'une sanguine de Watteau. Heureusement, il restait quelques connaisseurs, souvent dotés de quelques rides, qui faisaient vivre son marché et lui, par ricochet.

Ali aurait dû naître au XVIIIe siècle lui disait-on souvent. Il se voulait l'homme de la juste mesure, pondéré et calme ; il aimait rester chez lui le soir à écouter de vieilles chansons françaises et fuyait les soirées en boîtes de nuit ; il refusait de sortir sans chemise dans la rue et ne s'imaginait pas en basket. Sa seule concession vestimentaire à la modernité était le jean qu'il avait adopté dans son uniforme de travail. Il était, pour dire les choses simplement, désuet par nature autant que par goût. Trente-deux ans et déjà vieux plaisantaient ses amis d'enfance.

Et lui, qui n'aimait pas tellement le bruit du monde et que l'agitation angoissait, se réjouissait de l'effervescence des ventes aux enchères qui seules le faisaient sentir pleinement vivant. Et justement, sa grande vente d'automne aurait lieu la semaine prochaine.

Dans une minute, il descendrait comme tous les jours au rond-point des Champs-Élysées, pousserait bientôt la porte de son bureau et serait happé par la frénésie et la tension inévitable des jours qui précédaient une vente. Toute son attention prise par les préparatifs ultimes, l'accrochage de l'exposition pour inviter les visiteurs à découvrir ces chefs-d'œuvre, l'éclairage pour mettre en valeur tel ou tel dessin, ceux qu'on voulait absolument vendre et bien vendre parce qu'ils assureraient que le collectionneur leur confierait des pièces plus importantes plus tard, les coups de fil aux acheteurs potentiels qu'il fallait sécuriser, comme des poissons hameçonnés dont on vérifiait que l'appât était bien en bouche avant de chercher à les remonter… Oui, tout ce tumulte l'attendait et le grisait. La mise en scène finale était presque aussi importante que la quête des mois précédents, à l'affût du dessin rare et précieux qui ferait monter les enchères.

Ali excellait à cette chasse. Il devinait intimement l'attachement que certains des vendeurs pouvaient avoir avec une pièce, la difficulté qu'un collectionneur ressentait à se séparer d'une œuvre ou la douleur qui était celle de ceux obligés de vendre suite à un revers de fortune comme on disait pudiquement dans le métier ; il savait faire rire une femme qui divorçait et vendait le dessin préféré de son mari pour l'emmerder ; consoler un jeune garçon qui venait de perdre ses parents et se retrouvait avec ces bouts de papiers dessinés qu'il trouvait vieillots et auxquels il ne comprenait pas grand-chose ; tranquilliser un couple qui déménageait et avait besoin de l'argent parce que leur retraite n'était pas ce qu'ils espéraient. Il donnait toujours une estimation juste de l'œuvre, ce qui lui permettait autant de ne pas décevoir le vendeur que d'appâter l'acheteur. Sa patience et sa pédagogie n'avaient pas de limite lorsqu'il s'agissait d'apaiser tel ou tel client et d'expliquer tel ou tel dessin. Ali accueillait chacune de ces œuvres comme un enfant perdu qui rentrait au bercail, et cette délicatesse achevait de convaincre tous les propriétaires qu'il était la bonne personne pour vendre leur trésor. Il savait que sa profession avait parfois mauvaise réputation, celle de ne penser qu'à l'argent, de profiter de la faiblesse des acheteurs, de l'ignorance des vendeurs, des failles des uns et des autres ; mais Ali gagnait leur confiance sincèrement et sa vie, largement. Il aimait son métier et le pratiquait avec franchise. Rien de scandaleux là-dedans.

Il adorait aussi l'enquête de détective que nécessitaient certaines œuvres. Souvent bien sûr, le dessin était signé ou facile à authentifier… Mais parfois, il fallait chercher, fouiller parmi les archives, parcourir encore les catalogues raisonnés, contacter d'autres experts, confronter leur point de vue, discuter pendant des heures d'une probabilité avant de la transformer en certitude.

Tous rêvaient bien sûr de l'œuvre inconnue et redécouverte mais les faux étaient légion et il n'était pas question de se tromper dans son authentification. La réputation était tout dans son métier.

Il aimait encore plus l'intensité dramatique du jour des enchères, scène finale et clou du spectacle de ces mois de préparation. Et lorsqu'il montait sur l'estrade pour tenir le marteau et animer la vente, Ali se transformait. Comme cet acteur timide dans sa vie privée mais cabotin une fois sur scène, Ali était capable de jouer pendant quelques heures les hommes du monde et de s'amuser avec la salle avec humour, heureux d'être là et partageant sa joie, déployant tout son charme.

Tout son être était tendu vers ce jour. Le moment arrivait enfin et il lui restait mille choses à faire encore.

Mais avant de franchir la grille du si chic 9, avenue de Matignon, avant de se faire assaillir par la fourmilière de mille questions et problèmes, *« Le client du lot 33 a des remords et veut retirer le dessin », « Le certificat d'authentification du Goya n'est toujours pas arrivé », « L'État français envisage de préempter le Watteau »*… Oui, avant de tomber dans l'agitation frénétique et contagieuse, il s'autorisa pendant quelques instants à imaginer la conversation qu'il aurait pu avoir avec cette jeune fille, s'il avait osé…

*

« Bravo Ali ! », « Magnifique ! Quelle vente ! », son équipe l'applaudissait alors même que son assistant lui tendait le téléphone en chuchotant : « C'est Monsieur R. » Ali se saisit de l'appareil, le sourire aux lèvres :

— Monsieur.

— Félicitations cher Ali ! Vous avez mené cette vente de main de maître sans mauvais jeu de mots. Je vous avoue que nous n'étions pas convaincus par votre timing…

— Oui, le marché de l'art se porte comme un charme je dois dire. Ni les tensions géopolitiques, ni la chute des marchés financiers, ni l'inflation ni même la crise n'y font rien. À croire que rien ne peut l'ébranler ! Et puis je tenais mes acheteurs, ajouta Ali enjoué.

— Combien de fois l'estimation globale ?

— Nous l'avons dépassée très largement monsieur, au-delà de nos espérances. Et vous avez vu le record mondial pour la sanguine du divin dessinateur ?

— Nous ne nous sommes pas trompés lorsque nous vous avons nommé à la tête du département. Sachez que vous avez en nous des actionnaires absolument ravis ! Et monsieur R. raccrocha.

Ali l'était aussi, ravi. Il avait toutes les raisons d'être très satisfait de lui-même et de sa vie à ce moment-là ; pourtant, il rentrerait dans un appartement vide ce soir et il désespérait un peu de sa solitude.

*

Notre tout jeune trentenaire se sentait dépassé par les femmes de sa génération, trop féroces, trop directes ; il avait dû mal à les suivre, un peu effrayé par leur féminisme, et peinait à engager le dialogue ou à enclencher son jeu de la séduction qu'il adaptait mal à leur modernité. Il vivait dans une époque où l'on pouvait écrire sur les murs *« Morts aux hommes ! »*, comme il l'avait vu l'autre jour, cela n'offusquait personne et c'était cela le plus effrayant pour lui peut-être.

Alors qu'il se plaignait à Thomas, l'un de ses amis, de son isolement et de son incapacité à s'aligner sur cette nouvelle réalité, et qu'il lui disait qu'il ne se voyait pas se mettre sur une application de rencontre, compte tenu de sa détestation pour tout ce qui était technologique, Thomas lui dit en rigolant de regarder les petites annonces dans les journaux.

— Mais ça n'existe plus non ?

— Figure-toi que j'ai lu un article cette semaine sur les annonces matrimoniales qui continuent à être publiées dans un journal, *La Renaissance* de mémoire. Une méthode de vieux pour rencontrer quelqu'un, avoue, c'est fait pour toi ajouta Thomas en éclatant de rire.

— Trouver l'âme sœur sur papier… oui, pourquoi pas.

Et Ali garda en lui cette idée qui trotta dans sa tête jusqu'à le décider à se lancer. Après quelques recherches, il se rendit compte que ces petites annonces, filles des agences matrimoniales du XIXe siècle, se lisaient souvent dans des journaux locaux, et pour cause. Il se décida pourtant pour le *Chasseur français* dont il aima le caractère absolument rétro et vieillot. La première fois qu'il l'acheta, il se sentit un peu bête chez le marchand de journaux, avec le même sentiment de culpabilité, bizarre et diffus, que s'il devait acheter un magazine pornographique, allez comprendre. Commença alors un nouveau rituel mensuel, à chaque publication du magazine, avant d'aller prendre son bus : achat du journal, installation au café, lecture des petites annonces. Il ne savait pas bien ce qu'il cherchait, ni s'il passerait jamais à l'action mais il aimait parcourir ces messages qui lui semblaient venir d'un autre temps. Il y avait les sérieux, les poétiques, les loufoques, les efficaces. Il y avait ceux dont le message ressemblait à un inventaire, ceux qui essayaient de dire plus d'eux-mêmes que quelques adjectifs de catalogue. Il y avait les téméraires qui donnaient leur numéro de portable, et ceux plus raisonnables qui indiquaient une référence. Mais tous lui paraissaient éminemment divertissants ! Ces annonces n'étaient probablement pas différentes de celles des sites de rencontre ou en ligne, mais de les lire, encre sur papier, de se dire que ceux qui les avaient écrites étaient un peu comme lui, le réconfortait étrangement, comme s'il était moins seul après tout. Il se disait que cette résistance à la modernité lui correspondait.

« Dame 64 ans, recherche monsieur 60-68 ans gentil, calme, non-fumeur, bricoleur pour vie à 2. Dépt 69-92. »

« Dépt 84, physique agréable, 80 ans, blonde, 1m65 mince, douce, affectueuse, aime la mer, la nature, souhaite rencontrer monsieur non-fumeur pour relation privilégiée. CF... »

Il aimait l'espoir latent qui se faisait entendre derrière ces messages. Croire qu'à quatre-vingts ans rien n'était perdu, et surtout pas la possibilité d'aimer et d'être aimé, triomphe de l'optimisme sur la réalité.

Il savourait ce monde parallèle qu'il découvrait, bien loin de Paris et de ses codes, du marché international et de sa facilité à vivre et à aimer. C'était son nouveau péché mignon. Une gourmandise qu'il s'offrait tous les mois comme d'autres mangent un carré de chocolat chaque jour. Il les picorait, les distillait sur le temps, douceur quotidienne :

« Dépt 59 ou environs. Homme, agriculteur, 50 ans, doux et sérieux, recherche femme moins de 50 ans, sérieuse aussi et surtout facile à vivre et gaie, aimant les bêtes ; aventurière s'abstenir. CF... »

*« Dépt 91-78-92. Parce que ma mère dit qu'il est temps de me ranger, parce que je ne rajeunis pas et parce que ma calvitie progresse ! 07 62 ** ** ** »*

« Dépt 83. La trentaine solaire, la blondeur lumineuse, le corps balancé, l'affection débordante, cherche quelqu'un pour aller regarder les étoiles et s'envoyer au 7e ciel. CF... »

*« Dépt 16, Homme – bonne situation et bien de sa personne – cherche femme – intelligente et organisée. 06 87 ** ** ** »*

Il était médusé par l'originalité de certains, par leur inventivité ; il se plaisait à échafauder les histoires cachées derrière ces annonces et passait de longs moments à y repenser et à esquisser les morceaux de vie de ces épistoliers. Il ne savait pas réellement ce qui motivait ces gens ni ce qui se nichait dans cette démarche, spectateur amusé et passif de ces tentatives qui lui semblaient presque désespérées de créer du lien. Les jugeait-il ? Peut-être… Il lui semblait surtout que tout cela était illusoire. Il se rendit compte que la plupart des annonces venaient d'hommes et se demanda si ces messieurs étaient finalement plus fleurs bleues que leurs congénères de sexe féminin, ou simplement plus nombreux ; il se dit que sa cause était sans doute perdue d'avance et qu'il finirait, lui aussi, vieux garçon. Il s'imaginait des Jean-Pierre sortant une jolie feuille de papier, s'installant sur un coin de leur table de cuisine, et mois après mois, rédigeant leurs annonces, le crayon hésitant, modifiant par-ci par-là un mot ou une virgule dans l'espoir qu'une réponse, enfin, arriverait. Il partageait, sans oser se lancer, leur solitude et leur espoir. Et il pensait à Jean-Pierre allant tous les jours jusqu'à la boîte aux lettres, guettant une réponse qui tardait à venir.

Il s'imaginait aussi parfois en Cupidon, comme avec ces deux-là qui étaient faits l'un pour l'autre, il en était sûr :

« Région parisienne. Homme drôle et indépendant. Recherche femme pétillante. Chieuse s'abstenir. CF... »

« La quarantaine pimpante, peu de temps dans sa vie, cherche homme drôle et intelligent pour partager quelques dîners. Relation trop sérieuse s'abstenir Dépt 75. CF... »

Allaient-ils se reconnaître ?

Mais comme souvent en dehors de son travail, Ali restait en retrait. Pas question de provoquer leur rencontre en même temps que le destin. Pas question d'appeler ou d'écrire et de se confronter jamais à la réalité.

Et puis un jour, pourtant, il lut ces mots :

« Jeune femme de petite taille, gardienne de prison, franchement pas très jolie, fumeuse invétérée, mère de trois enfants, trois fois divorcée et le cœur en bandoulière, cherche encore une fois homme de sa vie – promis, il ne sera pas déçu. CF... »

Pourquoi ces mots-là le hantèrent-ils toute la journée ? Pourquoi ces mots-là lui dirent-ils de passer enfin à l'action ? Il n'avait pas le début d'une réponse ou d'une explication mais toujours est-il qu'il se lança. Il pensa que cette femme était en décalage avec le monde, comme lui bien que de manière différente. Et sans savoir exactement pourquoi, il se dit qu'ils avaient peut-être quelque chose en commun.

Il fallait répondre au journal et il aima l'idée de cet intermédiaire qui jouait les agences matrimoniales. Alors, comme il avait imaginé Jean-Pierre des centaines de fois, il prit un joli papier bleu et écrivit laconiquement :

« Prêt à porter votre cœur pour la quatrième fois, rendez-vous au café... »

*

Le jour de la rencontre était arrivé. Ali se prépara avec soin : sa chemise blanche repassée, ses mocassins cirés, l'eau de Cologne légère. Il avait choisi un dimanche, oubliant que ce pourrait être compliqué pour la jeune femme avec ses enfants et s'en voulut, mais trop tard. Bien sûr, il eut envie de ne pas se présenter au rendez-vous et bien sûr, il hésita jusqu'au dernier moment. Pourtant, voilà notre jeune homme debout sur le trottoir, le cœur légèrement ébouriffé par sa propre audace, si loin de sa sagesse habituelle. Il rentra dans le café, chercha du regard le béret rouge – comme convenu – et s'approcha de la jeune femme seule à une table ; elle leva la tête et Ali eut un sourire large, franc qui illumina jusqu'au bout de ses cils lorsqu'il reconnut l'inconnue de son bus. Il tira la chaise et s'assit en disant :

« Je ne crois pas que vous soyez maudite et vous avez raison, je ne suis pas déçu. »

Elle n'était ni de petite taille, ni gardienne de prison, ni mère, ni divorcée comme il le savait mais il sentait qu'il pouvait l'aimer déjà. Et alors qu'elle le regardait en fronçant les sourcils, il commença à parler…

6. Les petites pilules bleues

Vingt ans mon amour, vingt ans d'amour.

La voix d'Anouk semblait calme mais en elle le chaos se déchaînait ; son cœur lui battait jusque dans les oreilles. Elle n'était pas certaine de venir à bout de cette lecture pourtant c'était elle qui avait insisté. Tous l'avaient prévenue : ce serait trop dur ; elle n'avait pas besoin de s'infliger cela en plus ; on ne pouvait pas attendre d'elle qu'elle prenne la parole à ce moment-là. D'ailleurs, ce n'était pas *la coutume.* Oui, mais elle se le devait avait-elle pensé, elle se leur devait.

Quelques minutes pour égrener leur vie ensemble sur une liste et feuilleter ces vingt années qui avaient passé le temps d'une respiration.

Aussi loin qu'elle s'en souvenait elle faisait des listes ; des listes pour tout, pour les courses, les études des enfants, leurs voyages, leurs souvenirs, les copains, les dîners… très banal, comme beaucoup sans doute. Une liste de plus, une liste qui s'était imposée à elle, album de mots pour histoire d'amour banal. Une esquisse à peine de tout ce qu'il avait représenté. Et puis après, refermer le livre et le garder précieusement, pour elle seule.

Elle regarda l'assemblée, l'église qui débordait. Les couleurs tourbillonnaient de fleurs au milieu de cette marée noire et de cette accumulation de figures serrées. Ses yeux s'éparpillaient d'un visage ami à un autre, sans vouloir accrocher le regard d'aucun. Elle n'aurait pas supporté à ce moment-là de sentir la pitié de l'un d'eux. Il fallait qu'elle tienne à distance leur compassion, leur amour même pour garder son esprit clair.

Elle s'efforça de respirer calmement, les mains posées à plat autour de sa feuille pour ne pas les voir trembler, cligna des yeux rapidement pour éviter à ses larmes de noyer sa lecture, prit son souffle puis reprit d'une voix qu'elle espéra intelligible et forte :

Vingt ans d'amour, mon amour, pour nous, c'est :
Un chat, trois chiens
Une robe blanche, une robe rouge,
Deux mariages
Trois enfants
Sept appartements
Sept parrains et marraines
Sept filleuls
Quelques poissons rouges et autres bêtes aquatiques
Quelques hamsters qui errent encore
Quelques chaises cassées
La naissance des garçons, des projets,
L'espérance qu'ils entraînent
La mort de parents, de grands-parents, d'amis,
La mort de certaines idoles,
La disparition d'un siècle,
Des désaccords politiques, souvent
Des accords de vie toujours
Des éclats de voix et de rires
Des portes qui claquent
Des larmes et des silences froids
Des mains tendues pour avancer

Des drapeaux blancs aux couleurs de la tendresse
Des dizaines de disputes mémorables
Des craquelures sur notre amour
Des heures à discuter
Des heures à marcher
Des heures à négocier
Des jours à se réconcilier
Des jours à se construire et à se reconstruire
Des nuits sans dormir de trop de rêves
Des nuits sans dormir de trop de colère
Des centaines de fous rires
Des milliers de baisers
Des voyages qui finissaient toujours trop tôt
Des vacances en famille, entre amis,
Des lieux qu'on a aimés puis moins aimés, puis aimés encore
Des lieux qui feront partie de nous pour toujours
Des départs manqués
Des virées sur les routes d'ailleurs
Des dîners à deux, à cinq, à dix, à cinquante
Des danses corps à corps
Des cocktails encore et encore
Des soirées à trop boire à trop sourire
L'impression qu'on était intouchables
L'impression que rien ne pouvait nous arriver tant qu'on était ensemble
Des envies de vivre sur une île, d'ouvrir un bar, de déménager, de s'échapper loin, de ne pas revenir
Et puis tu es parti
Sans moi.

Elle ravala un sanglot qui semblait vouloir prendre la parole à sa place et termina :

Tu es parti
Sans moi
Et ce n'est pas ce qui était prévu.
Vingt ans d'amour, c'est l'amour fol disait Brel,
Vingt ans d'amour ce n'est pas rien, c'est certain, mais ce n'est vraiment pas assez de toi.
Tes yeux étaient mon ciel bleu,
Le monde est gris aujourd'hui.

Anouk leva la tête, replia la feuille où elle avait écrit son discours, respira accrochée au regard de ses enfants. Elle retourna à sa place auprès d'eux, espérant ne pas glisser, entraînée par sa maladresse ; et la voilà de nouveau assise sur le premier rang de cette église où elle s'était mariée, et où le corps froid de son mari reposait désormais, emprisonné dans une boîte à côté d'elle.

Et cela lui sembla totalement invraisemblable. Presque fou.

Le silence était profond et lourd autour d'elle. Son fils aîné lui serra le bras, les larmes accrochées à ses cils, comme lorsqu'il était petit, gouttelettes suspendues, en attente. Elle ne voyait plus que l'enfant qu'il était, loin de l'homme qu'il s'efforçait d'être. Elle croyait entendre la souffrance qui s'étouffait dans sa gorge. Elle lui embrassa la main en gardant ses doigts noués aux siens. Et la messe commença.

Une messe d'enterrement de plus dans le monde.

Les garçons allumèrent les cierges disposés autour du cercueil, le prêtre prit la parole et le reste alla beaucoup beaucoup trop vite à son goût. Elle aurait voulu que la cérémonie s'éternise ; elle voudrait ne pas terminer de lui dire adieu ; qu'on parle de lui pendant des heures ; le dire pour le garder juste encore un peu. Parce qu'ensuite,

ensuite il faudra aller brûler son corps, ce corps puissant qui lui tenait chaud.

Qui la serrerait désormais si fort à lui faire mal ? Qui l'emmènerait prendre un verre maintenant? Qui la ferait rire à en pleurer? Comment être sans lui ? Comment être autrement de celle qu'elle était depuis vingt ans? C'est à cela qu'elle pensait alors que la lecture de l'Évangile brouillonnait devant elle.

Et c'était du pur égoïsme que cette peine qui la submergeait. Elle pensait à tout ce qui restait à accomplir, tout ce qui n'était pas encore achevé et en place. Elle lui en voulait de ne pas terminer le combat avec elle. Ils étaient une équipe, c'était ça leur force; on n'abandonne pas son coéquipier en route. Elle en voulait à la terre entière de se retrouver sans lui. Elle en voulait à Dieu qui avait laissé faire cela. La douleur se déployait en elle dans toute sa rage et la seule vérité qu'elle lui laissait, c'est qu'elle était terrifiée de se retrouver seule.

Elle se revit au premier jour avec lui, elle se rappela ses yeux si bleus dans lesquels elle avait plongé comme dans un bain de vie.

Ses amies la taquinaient gentiment. Elle se savait devenue ridicule. Elle souriait davantage, elle qui était assez grave de nature. Ses yeux brillaient, lui disaient-elles, quand elle parlait de lui, mais c'est qu'il avait fait entrer le soleil dans ses jours. Il était le premier battement de son cœur.

Est-ce qu'on pouvait expliquer pourquoi tout à coup son cœur palpite plus vite? Comment aurait-elle pu leur faire comprendre qu'il avait pris toute cette place qui était vide en elle, qu'elle avait l'impression que le monde était plus vaste depuis qu'elle savait qu'il y vivait?

Et le bonheur se décrit mal. Alors elle souriait beaucoup, à tous, parce que les mots lui échappaient et échappent à dire ce qui déborde.

Un tourbillon de force, d'énergie était entré dans sa vie à ce moment-là. Qui aurait pu résister ?

Elle se revit à ce premier dîner, près de l'Institut du Monde Arabe. Ils étaient assis sur cette petite table dans un coin du restaurant qui semblait sorti tout droit de la représentation fantasmée d'un Paris pour Américains. La banquette en vieux cuir, les nappes à carreaux rouges et blancs, les serveurs bons vivants, l'assiette énorme de charcuterie qu'on avait posée sur la table avant même qu'ils n'ouvrent la bouche. Même le vin, un Saint-Amour, semblait sorti d'une carte postale. Et pourtant elle avait tout aimé. Elle ne voyait que lui. Ils avaient parlé de tout, de son travail à lui, de ses études à elle. Ils avaient plus de dix ans d'écart et un nouvel univers s'ouvrait à elle. Elle avait l'impression d'être dans le monde d'après, celui des grands enfin. Finis les étudiants un peu patauds. Finis les balbutiements des caractères. Elle le trouva drôle, déjà, intéressant, différent. Elle ne savait pas que les yeux bleus pouvaient être si gais – ceux de son père étaient si froids. Les conversations bruyantes avaient peu à peu cédé la place au silence. Seules leurs voix résonnaient maintenant. Et les serveurs attendaient gentiment qu'ils terminent pour fermer. Alors il avait fallu partir. Ils étaient rentrés tard. Elle s'était glissée dans sa chambre sans faire de bruit, le cœur encore ébouriffé. Elle souriait en se couchant attendant qu'il l'appelle. Ridicule.

Et puis après, tout était allé très vite. C'était son homme pressé à elle. Elle avait vingt ans et n'avait pas encore repris son souffle. Elle était mariée et il était à ses côtés. La vie pouvait commencer.

Il faisait toujours beau quand elle repensait à ces premiers jours. Et Anouk sourit, les yeux fermés, cherchant le soleil dans ses souvenirs, au seul endroit où il lui semblait qu'elle trouverait un peu de chaleur, loin de cette église tamisée, de cette semi-pénombre dont il lui semblait qu'elle ne sortirait plus jamais. C'était bizarre cette obscurité d'ailleurs. Le jour de leur mariage, elle était baignée de soleil. On aurait dit que Saint-Germain-l'Auxerrois avait deviné et baissé sa lumière pour ne pas agresser sa douleur, pour respecter l'endroit où errait son cœur.

Et elle s'en voulait de toutes ces disputes avec Marc, de ces reproches qui lui semblaient bien inutiles maintenant. Elle était prête à tous les reprendre, à promettre de ne plus jamais rien dire si on pouvait juste réécrire le dernier mois, ce réveil où elle l'avait trouvé froid, irrémédiablement mort à côté d'elle, le médecin qui avait conclu à un arrêt cardiaque, les commentaires sur la santé de son mari, l'organisation de cette messe qui avait été si laborieuse. Elle voudrait fermer les yeux et que toute cette histoire ne soit qu'un affreux cauchemar. Mais les négociations avec Dieu ne semblaient jamais efficaces, occupé ailleurs. Il avait sans doute mieux à faire.

Les cinq étapes du deuil se bousculaient dans sa tête. Elle les mélangeait peut-être. Déni – Marchandage – Colère – Dépression – Acceptation. Elle se demanda où elle était censée en être. Il lui sembla qu'elle les vivait toutes en même temps, dans le désordre de ses émotions tourbillonnant autour de son âme.

Son fils aîné lui prit le coude. Elle devait se lever. Elle regarda le prêtre perdu dans son monologue, qui retraçait la vie de son mari, qui évoquait Dieu, et elle pensa que décidément il parlait de gens qu'il ne connaissait pas. Et elle ricana imaginant Marc – qui pensait que la religion était une fumisterie –, son Marc en train de baisser le son face au prêche et de lui faire un clin d'œil pour lui rappeler que tout cela n'était pas à prendre très au sérieux.

— Maman ? Son fils la regarda, curieux.
— Rien mon cœur. Tout va bien.

Et il grimaça un peu face à la formule.

Il avait raison. Tout n'allait pas bien. Rien n'irait plus jamais bien en fait. Le brouillard l'attendait pour les quarante prochaines années. Sa vie ressemblerait à un long dimanche d'automne pluvieux en Normandie. Et voilà qu'elle sombrait dans un apitoiement de mauvais genre. Du pathos ! Marc détesterait. Non ça n'allait pas. Elle allait devenir dépressive. Ou alcoolique voilà. Ou les deux à la fois. Comment ne pas ramener cette mort à la maison ? Comment ne pas laisser le dernier mot à la désespérance ?

Sa mère avait voulu lui donner des petites pilules bleues du bonheur comme on les appelait dans sa famille. Elle aurait peut-être dû les accepter. Une manière de remettre du bleu dans sa vie. En même temps, à l'étendue des sanglots qui secouaient sa mère, là juste derrière elle, sanglots qu'elles ne pouvaient s'empêcher de trouver inconvenants, les pilules ne semblaient pas particulièrement efficaces.

Et tout passait si vite. Le prêtre demandait maintenant à ses fils de venir lire les intentions de prière. Elle les regarda tous les trois, si pâles, si beaux, si droits. Leurs gestes, leurs effleurements, pour se rassurer sans s'effondrer. Et elle pensa que leur père aurait été fier d'eux.

Mon Dieu, rendez-moi mon mari.

C'est la seule intention qui aurait été sincère. C'est la seule intention qui tendait tout son corps et son esprit. Et même si elle en connaissait toute l'absurdité, c'était la seule phrase qui tournait en boucle dans sa tête à cet instant précis. Comme une pensée magique d'enfant qu'il aurait suffi de vouloir très fort pour qu'elle se réalise.

Mon Dieu, rendez-moi mon mari.

Et Anouk se rendait bien compte qu'elle était prise dans son égoïsme, imperméable à tout ce qui n'était pas sa propre douleur, incapable de penser à ses enfants, à la mère de son mari, à son mari lui-même et à tout ce qu'il allait rater, engluée dans la toile de sa souffrance, incapable d'en sortir.

Elle pensait que c'était pour elle que ce serait le plus dur. Sa belle-mère était âgée, trop heureuse d'être encore en vie pour ne pas se réjouir de ne pas être morte à la place de son fils, trop catholique pour ne pas être convaincue que Marc avait cessé de souffrir et était bien plus heureux maintenant près de Dieu. Anouk sentait ce double *satisfecit* transpirer dans ses dodelinements. Sa belle-mère oubliait que Marc avait cessé de croire depuis bien longtemps. Elle oubliait que la mort de son enfant aurait dû l'anéantir.

Elle regarda ses beaux-frères et leur femme de l'autre côté de l'allée, par-dessus les fleurs et le cercueil, et leur en voulut d'être là, ensemble. Anouk aurait aimé pouvoir s'accrocher aux yeux de sa sœur mais Simone semblait perdue très loin d'eux tous.

Marc venait d'une fratrie de garçons : cinq garçons, quatre évangélistes, nés à deux ans d'intervalle comme dans toute bonne famille et un petit dernier que la mère avait baptisé Adonis, extirpant à son mari ce prénom mythologique, parce qu'il était si beau cet enfant tardif et que jusque-là, elle n'avait pas eu son mot à dire. Autrefois, Anouk avait aimé l'idée d'entrer dans une famille de « mâles », de n'avoir engendré que des « mâles », elle qui venait d'une famille de femmes. Elles étaient six cousines germaines. Sa mère et sa tante n'avaient pas de maris ; l'un n'avait jamais eu même le droit à un prénom et l'autre avait préféré partir ; les hommes semblaient les fuir. L'ironie du sort faisait qu'elle aussi maintenant se retrouvait sans mari. … Les frères s'entendaient bien, dînant une fois par mois ensemble, s'appelant souvent, pourtant Anouk avait toujours eu l'impression que son homme à elle avait fait sécession, au moins par l'esprit. Et elle se demanda si elle serait encore invitée à ces dîners familiaux ? Les premiers mois sans doute, par charité chrétienne se diraient-ils, et puis parce que sa sœur y veillerait… Une bouffée de haine la submergea. Elle les détesta tous d'être encore en vie à la place de son mari. Et elle se méprisa de le penser. Elle eut envie de hurler, là, dans cette église qui ne lui apportait aucun apaisement.

Elle se tourna vers ses fils, pleinement vivants, pour retrouver un espace en elle qui ne soit pas tout entier à sa colère. Ses garçons étaient de jeunes adultes, la résilience ferait son travail en eux. Bien sûr, leur père allait leur manquer, mais déjà ils avaient pris leur envol, déjà ils avaient commencé à avancer sans leurs parents sur le chemin d'après. Et c'était tant mieux. Mais elle ? Comment vivre avec sa mort ? Elle ne pouvait s'empêcher de revenir à sa douleur. Elle se demandait si elle payait là le prix de son bonheur. Comme si elle avait usé tout son quota et qu'il était temps maintenant de passer à la caisse.

Et le prêtre absolvait son mari. Elle se rendait compte que cette messe ne l'aidait pas du tout. De quel droit absolvait-il son mari ? Elle était la seule autorisée à lui pardonner ses péchés puisque c'est elle qui en avait souffert. Et elle n'était pas sûre de le vouloir d'ailleurs. Qu'il ne croit pas que quand elle le retrouverait, il s'en tirerait à si bon compte. Et voilà qu'elle racontait n'importe quoi. Elle se secoua un peu. Elle allait peut-être devenir folle en fait. À parler à son mari mort. Et elle s'imagina dans son salon, l'urne sur la cheminée, un verre de vin blanc à la main, discutant comme si de rien n'était de sa journée avec lui. Elle aurait mis des chansons qu'ils aimaient, elle aurait peut-être recommencé à fumer. Elle esquisserait trois pas de danse devant lui en cendres, en tirant sur sa cigarette. Et aussi bizarre et folle que cette image puisse sembler, elle la réconfortait étrangement. Elle se vit encore transportant l'urne à chaque fois qu'elle se déplacerait, la posant sur sa table de nuit lorsqu'elle serait invitée quelque part, ou la rangeant dans son placard à l'hôtel pour ne pas effrayer la femme de ménage. N'importe quoi pour le garder encore un peu avec elle. Elle avait peur de l'oublier. Elle ne voulait pas que le temps fasse son œuvre. Le raconter pour le garder un peu en vie. Alors peu importait que le prêtre le décrive mal, peu importait que ses amis bégayent sur leurs anecdotes, que ses frères évoquent un homme qu'il n'était plus vraiment, tant qu'on le racontait, il restait réel. Comment ne pas laisser leur histoire s'estomper ? Comment ne pas voir son visage disparaître ? Elle refusait de se laisser faire. Ils se tiendraient la main, lui dans la mort, elle dans la vie.

Elle se demanda aussi à quoi ressembleraient ses nuits. Elle aurait d'autres hommes dans son lit peut-être ; c'était probable vu son âge mais pas question de tout recommencer avec un autre.

Le prêtre s'avança vers elle et lui tendit le goupillon, interrompant ses errements. Il avait terminé l'absoute par ses mots « prends avec toi seigneur… » mais elle n'était pas du tout d'accord. Marc allait rester avec elle, même mort. Son fils posa sa main sur la sienne et marcha avec elle pour asperger le cercueil. Elle regarda autour d'elle. Elle pensa que son fleuriste avait fait un travail incroyable. Pas question de mourir sans fleurs ! C'était lui qui avait décoré Saint-Germain-l'Auxerrois le jour de leur mariage. Il recommençait aujourd'hui ; la boucle était bouclée. L'église était couverte de fleurs, de feuilles, de couleurs. On aurait dit un champ en jachère. Rien de morbide sauf cette boîte incongrue qui trônait au milieu de l'allée et qui contenait son mari, sauf cette pénombre qui les recouvrait, manteau de peine posé sur eux. L'église était pleine évidemment et cela aurait réjoui Marc, lui qui aimait plaire et être aimé. Ils sont venus, ils sont tous là, même ceux d'Italie comme disait la chanson. Ils iraient tous prendre un verre ensemble après, manger un morceau. Parce que c'était la tradition, parce que c'était supposé les réconforter. Anouk n'était pas certaine d'avoir envie de sourire, de faire semblant d'être forte, de partager son mari avec eux tous. Elle voudrait surtout être seule, avec lui, se perdre dans le bleu de ses yeux.

Assise de nouveau à sa place, elle attendit. Le long défilé pour bénir le cercueil avait commencé, puis certains la touchaient au passage, comme on touche une relique ou un gri-gri, comme pour conjurer le mauvais sort, et elle se demandait si c'était elle ou eux qu'ils voulaient réconforter. Marc était jeune encore et sa mort rappelait à tous que le tour de manège pouvait s'arrêter sans prévenir. Elle ne leur en voulait pas de transposer ainsi mais se demandait, au milieu de leur sidération, quelle part réelle de leurs larmes appartenait à son mari.

Au fond, elle s'en moquait. Son esprit prenait simplement des chemins de traverse pour éviter d'affronter en permanence sa douleur.

La vérité, c'est que son deuil n'avait rien d'exceptionnel. Elle n'était pas la première épouse à perdre son mari, pas la première mère à se retrouver veuve, pas la première femme à perdre l'homme qu'elle aimait. Elle avait beau se draper et se complaire dans son chagrin, la mort de Marc n'avait rien de scandaleux. Combien de fois avait-elle fustigé notre société qui n'acceptait plus que la mort soit partie prenante de la vie ? Elle aurait bon dos maintenant de crier son indignation. Non, elle allait plutôt leur épargner à tous, et à elle y compris, l'étalage d'une souffrance somme toute banale.

Et puis de quel droit se plaindre ? La vie avait été douce avec elle ; il avait été si facile d'aimer Marc, si facile de faire trois enfants, si facile de traverser les années comme sur une piste de danse.

L'interminable succession de mains et de mots avait pris fin et le prêtre s'approcha d'elle. La messe se terminait. Les portes de Saint-Germain-l'Auxerrois allaient s'ouvrir sur fond de Kenny Rogers ainsi qu'elle l'avait prévu :

I can't remember when you weren't there
When I didn't care for anyone but you...

Et après... quoi ?

*

Anouk avait laissé filer les mois et les années, sa solitude pour seule consolation, perdue dans ce monde sans lui, incapable de construire de nouveaux repères. Elle avait été si fatiguée de prétendre que ça allait et que bien sûr la vie continuait. Les jours lui avaient paru si longs à attendre la nuit où elle pouvait enfin arrêter de sourire. Et ce temps qui semblait ne pas vouloir arrêter de s'étirer autour d'elle comme un cauchemar dont on ne peut pas se réveiller. Sa vie s'était réduite à un essoufflement. Chaque jour commué en peine de prison, trait après trait sur le mur, avancer simplement, rester, tenir, parce qu'elle n'avait, paraît-il, pas le droit de renoncer, que ses fils ne comprendraient pas, que c'était trahir la mémoire de Marc, qu'elle se devait de vivre pour lui. Ne devinaient-ils pas que la rage l'avait quittée et laissée vide de tout et surtout d'elle-même ? Savaient-ils que cette injonction était pour elle un acharnement à vivre et qu'elle était lasse de voir le monde pour deux ? Qu'elle s'épuisait à survivre à sa propre mort ? Son corps même renonçait, elle le sentait.

*

La solution s'imposa peu à peu à elle, en repensant aux conversations avec Marc, à leurs déclarations fréquentes du refus d'une mort lente et d'une vie décrépite. Elle avait alors pris sa décision et expliqué son choix aux enfants et aux frères de son mari, leur confiant la suite de l'histoire. Ses garçons avaient construit leur vie à leur tour et elle ne pensait plus rien leur devoir. Elle n'était pas certaine qu'ils aient compris ; elle pensait même les avoir blessés, mais ils avaient respecté son choix, impuissants à vrai dire à la faire changer d'avis. *Bons petits*. Ses beaux-frères s'étaient offusqués bien sûr, par principe, par réflexe catholique, mais sans mettre beaucoup de conviction dans leurs arguments et elle en avait souri. Anouk leur épargnait une obligation en choisissant de partir : celle de veiller sur elle, un peu pour Marc, un peu par devoir ; elle leur simplifiait la vie finalement en leur retirant cette charge. Elle n'aurait plus à aller à leurs dîners de famille où elle avait continué à être invitée même quand sa sœur Simone avait cessé d'y être la bienvenue après son divorce ; ces dîners où elle avait vu les couples se fracasser sur leur quotidien. Les discussions avaient été bien plus compliquées avec ses sœurs mais elle avait su les convaincre de l'absolue nécessité qui était la sienne de passer à autre chose.

Elle avait ensuite agi, et contacté une association en Suisse. Avait commencé un chemin de quelques mois, de l'adhésion à l'association aux examens à subir – surtout pour prouver qu'elle avait toute sa tête –, en passant par les lettres et documents pour se raconter. Elle s'était rendu compte en écrivant que parler d'elle, c'était parler de Marc. Il avait fallu les persuader qu'elle se mourait d'amour et que cette douleur-là, incoercible, n'était plus soutenable, que l'absence remplissait ses jours, que le vide avait fini par prendre toute la place. Et puis un jour, le feu vert provisoire était arrivé : elle pourrait recevoir une aide à son suicide, même si elle n'aimait pas penser à son départ en ces termes. On lui avait dit qu'elle n'aurait pas mal et elle avait trouvé cela civilisé. Elle allait s'endormir et passerait à la mort sans s'en rendre compte.

Date avait enfin été prise, les chèques envoyés. Son choix était un privilège de riche, le suicide assisté coûtait cher – *pas équitable tout cela* –, mais il n'était plus temps pour elle d'engager un combat, elle voulait simplement partir. Elle refusait que ses fils viennent, pour s'épargner à elle comme à eux tout pathos, et se prémunir peut-être de toute faiblesse. Pas question de transformer ce moment en scène d'adieux déchirants. Elle leur avait dit au revoir, sereinement chez elle à Paris. Elle ne voulait que ses sœurs auprès d'elle.

Et là, assise dans cette chambre blanche qu'elle découvrait, dans ce local de l'association dédié à la mort, dans un autre pays que le sien, avec cet homme qu'elle ne connaissait pas qui lui tendait le barbiturique soluble dans un petit verre, le regard accroché à celui de ses sœurs à ses côtés, elle sut qu'elle allait enfin pouvoir cesser de faire semblant.

La vie lui offrait une voie de sortie. Dieu merci.

7. La toile d'araignée

Simone ne s'arrêta pas avant d'avoir atteint les marches face à la tour Eiffel. Il pleuvait *évidemment*, comme dans un vers de Verlaine, et ce crachin parisien lui rentrait dans les os alors qu'elle avait déjà froid.

Elle marchait vite, des pas qui fuyaient à la recherche de ce qu'elle avait été. Ce soir, à nouveau, il lui semblait être au bord de la rupture. Comment faire illusion encore ? Et qui croyait-elle être ? Elle s'assit, collée contre le marbre froid du palais du Trocadéro, alluma une cigarette et autorisa le tourbillon de questions à déferler.

Cette vie-là correspondait-elle à ses désirs de jeune femme ? Était-ce vraiment cela dont elle avait rêvé enfant ? Mais aussi, comment ne pas être déçue ? Était-ce cela être responsable ? Cela devait-il se résumer à « tenir », à « tenir bon » ? Est-ce qu'il ne faudrait pas prévenir toutes les petites filles du monde plutôt que de leur raconter des histoires de princes charmants qui n'existent pas ? Est-ce qu'il ne faudrait pas qu'elle parle déjà à ses enfants pour leur annoncer la série de renoncements qu'était la vie d'adulte ? Pourquoi ne lui avait-on pas dit que ce serait si décevant ? Si médiocre surtout ? Et que faire maintenant avec cette vie dont elle ne voulait plus ? Avec cette vie que tout le monde pouvait lui envier ? Un mari, un bon travail, deux enfants – un garçon, une fille, *le choix du roi* ; non mais que demandait le peuple – *une famille de rêve, une vie de rêve*. Et elle avait parfois l'impression de devenir folle à ne pas se satisfaire de cette vie-là.

Elle resta là, longtemps, à contempler les lumières de la ville qui peu à peu s'apaisait. Les touristes venaient par petit groupe de deux ou trois, s'extasiaient et repartaient après quelques selfies qui immortaliseraient cet instant aux yeux des autres. Un petit sourire et puis s'en va. Bien peu s'asseyait comme elle. À chacun son histoire.

Mais si l'un d'entre eux avait regardé de côté, il aurait vu une femme, dans sa trentaine, emmitouflée dans un manteau bleu, de grands yeux fixes, une frange blonde dépassant d'un bonnet. Une jolie femme qui semblait un peu triste, un peu perdue. Seule ici, comme ailleurs, au milieu de ces étrangers comme aux côtés de ceux qui étaient censés l'aimer. Elle se noyait au milieu de tous ces gens, et personne pour la secourir. Parfois même, elle avait l'impression qu'une main invisible lui appuyait sur la tête comme pour mieux la maintenir sous le niveau de l'eau.

Ne rien attendre des autres ; c'était cela la grande leçon, le terrible secret des adultes ; ce qui leur permettait de jouer à être grand et non plus des enfants. Adulte, un euphémisme du renoncement. Et le regard fixé sur la tour Eiffel, c'est à cela qu'elle pensait. Et quand elle voyait un jeune couple en train de s'embrasser, c'est à cela qu'elle pensait. Et quand elle entendait les rires des adolescents, c'est encore à cela qu'elle pensait. Elle en venait à douter d'avoir jamais été aussi légère, insouciante.

Il allait lui falloir rentrer chez elle, continuer à faire semblant, sourire et bouger, comme si de rien n'était. Seulement maintenant, elle n'avait plus d'excuses et ne pouvait se leurrer davantage ; elle savait que tout cela ne rimait à rien, sauf à faire comme les autres. Pendant des années, le besoin de se fondre dans la masse, de ne pas être à part, de disparaître avait guidé tous ses actes. Comme si faire comme eux allait la sauver de cette gêne permanente, de ce sentiment de honte qui lui collait à la peau depuis son plus jeune âge et qu'elle ne s'expliquait pas. Simone se redressa, regarda le faisceau de la tour Eiffel se projeter dans le ciel noir et sourit. Elle savait depuis longtemps qu'il fallait que quelque chose change ! Agir, après ce matin, agir. Ne pas se laisser broyer dans cet engrenage de vie.

Ses jours comme un engloutissement. L'avenir qui se réduit à chaque minute qui passe et qui n'en finit pas de s'étioler comme la spirale de ses cauchemars d'enfant, de plus en plus vite, de plus en plus loin. L'impression de tomber, toujours, encore, et d'étouffer devant l'abîme.

Stop.
Besoin de tout arrêter.

Parfois elle visualisait son existence comme une toile d'araignée dont les fils s'entortillaient autour de son âme. Une toile d'araignée qu'elle avait tissée de ses propres mains et pour laquelle, elle était seule à blâmer. Une toile d'araignée qui avait attiré la bête. Et l'araignée, monstre noir de l'angoisse, avait grossi petit à petit ; elle la regardait à présent, l'attendait, tapie dans un coin de sa tête, prête à se repaître de sa mélancolie déjà et à l'engloutir dans sa désespérance.

*

Lorsqu'elle rentra chez elle, son mari dormait déjà.

Il avait enterré son frère ce matin. Elle l'avait regardé retenir ses émotions toute la matinée *« parce qu'à son âge, un homme ne pleure pas »*. Elle avait écouté l'amour de sa sœur se fracasser sur le cercueil de son mari mort. Et elle avait pensé que la vie était mal faite, que c'est elle qui aurait dû perdre son mari puisque leur amour était déjà mort et enterré, alors qu'Anouk et Marc formaient un couple de comédie romantique. Et elle s'en était voulu de cette pensée horrible qui l'avait saisie. Elle avait tenté de prendre Gérard dans ses bras, pour se faire pardonner de ce désir indicible qui l'avait traversée, et peu importe que lui ignorât ce que cachait son geste ; mais il l'avait repoussée, incapable de se laisser aller.

Et à présent, il dormait. Il ne se rendait compte de rien décidément. Et elle lui en voulut de dormir alors que sa tête à elle bouillonnait, de rêver alors qu'elle se voyait sombrer, de respirer alors qu'elle étouffait, sa cage thoracique comprimée par le souffle de cet autre qui pesait sur elle. Elle se déshabilla dans la salle de bain, se mit en pyjama et se coucha, en prenant bien garde de ne pas le toucher.

Elle le regarda longuement, dans sa nudité vieillissante, son ventre qui lui sembla énorme tout à coup, son ronflement poussif, son odeur qui commençait à la gêner, ses cheveux trop blancs trop tôt et qui lui renvoyaient une image défraîchie d'elle-même. Elle se demanda ce que cela lui ferait d'être dans ce lit avec un autre homme. Elle s'attarda sur ce corps qu'elle avait cessé de trouver désirable, qui aujourd'hui ne lui inspirait au mieux… rien en fait. Juste de l'absence. Elle s'imagina là encore pendant quarante ans ; elle se vit usée de l'intérieur par la fatigue morale de cette existence. Rabougrie. Desséchée comme ces têtes indiennes qu'on avait réduites.

Et l'angoisse qui submerge la reprend, l'araignée se réjouit.

Rester, c'était mourir à elle.

Et là, dans cette nuit qui semblait ne jamais devoir finir, seule dans ce lit malgré cet homme couché à ses côtés, elle ressassait ses illusions perdues, ses rêves déçus, et la litanie de ce qui aurait pu être.

Elle repensa aux débuts de leur histoire : c'est aux fiançailles de sa sœur Anouk avec Marc qu'elle avait rencontré Gérard, frère du futur marié, absent jusque-là parce qu'il travaillait à New York. Elle l'avait trouvé beau, puissant, original. Et puis, deux sœurs qui tombent sous le charme de deux frères, c'était parfait, non ? Elle s'était souvent demandé à quel point cela avait joué. Sa sœur était si heureuse, si éprise ; elle avait eu envie de la même chose. Et elle avait attendu qu'il soit prêt à la trouver à son goût, prêt à s'engager. Elle était patiente et se croyait amoureuse. Huit ans après sa sœur, c'était son tour de goûter au bonheur croyait-elle. Elle avait alors vingt-six ans et épousait l'homme qui l'avait séduite.

Pourtant elle aurait dû se méfier… son mari se voulait déjà à part dans sa fratrie ; il avait changé de prénom à l'adolescence, d'Adonis à Gérard ; c'était déjà bizarre, non ? Il n'assumait pas Adonis, trop féminin, trop original, on pouvait le comprendre, mais Gérard ? Quelle drôle d'idée ! Il lui avait avoué avoir changé son prénom qu'il détestait parce qu'il doutait d'être bien le fils de son père, de faire réellement partie de cette fratrie d'évangélistes « Matthieu, Marc, Luc, Jean… et Adonis » ; lui, le petit dernier tardif, un fils de rajout dont le père s'était désintéressé, comme s'il n'appartenait qu'à sa mère. Un enfant en dissonance, pétri du doute de ses différences. Et entre ses frères et lui aujourd'hui, ce soupçon qui avait creusé cette faille en lui qu'elle avait trouvée bouleversante au début de leur histoire et dont elle ne voyait plus que la béance qui l'engloutissait. Il avait cru qu'un nouveau prénom lui permettrait de se réinventer. Il n'avait fait que se cacher. Avait-elle forcé le destin ? Emprunté un chemin qui ne devait pas être le sien comme lui portait un prénom d'emprunt ?

Et toutes ces voies ensuite qu'elle n'avait pas su prendre. Ce poste à Londres qu'elle avait refusé pour rester avec lui, alors qu'elle était pleinement éprise et prise dans son amour. Ces enfants qu'elle avait eus sans se poser la question de savoir si elle en voulait. Ce soir où elle avait décidé de rester alors qu'elle avait la preuve de son infidélité, minable ; les photos de cette femme qui l'avait hantée pendant si longtemps. Ces jours qui avaient suivi où elle s'était sentie comme une feuille de papier froissée, où elle s'était convaincue que ça irait, que les marques invisibles seraient supportables. Cette plongée en enfer, les fouilles de son portable au milieu de la nuit, les doutes qui ne la quittaient plus. Incapable de lui faire confiance à nouveau, incapable de le quitter. Cette matinée de juin où sa grand-mère était morte et où il avait été odieux. Ce jour de mars où elle s'était réveillée seule après s'être fait avorter de cet enfant qu'ils ne voulaient ni l'un ni l'autre, où elle était rentrée chez elle plus désemparée qu'elle ne l'avait anticipé. Ces soirées où elle était restée assise à écouter des discours ni drôles, ni intéressants, ni justes même. Ces échanges où il la rabaissait tout en disant que c'était pour rire, *« Tu es ridicule à vouloir faire jeune » ;* où elle se sentait humiliée par sa condescendance, *« Ma pauvre Simone, si tu t'y connaissais en politique internationale » ;* où elle croyait que tout ce qu'elle était devrait être annihilé pour le satisfaire, *« Ris moins fort s'il te plaît, c'est gênant »...* Ces matins où l'énervement glissait le long de son dos et où elle serrait les mâchoires pour ne pas crier. Et les minutes qui suivaient où elle voyait ses frustrations s'enrouler en elle, serpent tapi dans ses entrailles qui finirait par la dévorer de l'intérieur. Ces nuits où il avait fallu prétendre alors qu'elle n'y prenait aucun plaisir, ces nuits où il avait fallu se laisser prendre alors qu'elle n'en avait nulle envie.

Des micro-choix incessants qui sur le moment ne lui avaient pas paru essentiels ou déterminants par rapport à l'ensemble mais qui avait nourri l'araignée jusqu'à ne plus pouvoir l'ignorer. Des décisions souvent infimes qui n'auraient pas dû porter à conséquence face à la famille qu'ils construisaient ensemble mais qui, acte après acte, concession après concession, l'avait entraînée, sans qu'elle s'en rende compte, dans un lieu qui n'était pas pour elle et très loin de lui.

Le rappel ce matin à la messe de ce qu'était un amour sincère et vivant l'avait bouleversée. Oui on pouvait s'aimer après vingt ans de mariage. Non ce n'était plus son cas depuis bien longtemps. La vérité de la douleur de sa sœur ne laissait plus la place pour des petits arrangements avec la réalité.

Elle avait égrené les pierres de ses erreurs sur le chemin du désenchantement, Petit Poucet des temps modernes. Et elle les voyait briller derrière elle, dessinant la route lumineuse de ses déceptions. De compromission en compromission, que restait-il encore d'elle, de la jeune fille idéaliste qu'elle était ? Et l'inventaire des renoncements lui semblait infini.

L'araignée grignotait peu à peu tous ses souvenirs, même heureux, et les laissait traînants et décrépits dans sa mémoire. Elle s'emplissait la panse avec délectation.

Elle avait tant de fois eu l'occasion de se lever et de partir. Et pourtant elle était restée. Mais pourquoi diable ? Parce qu'elle s'était imaginé que c'était ce qu'on attendait d'elle ? Parce que c'était l'image qu'elle s'était construite et qu'elle voulait projeter ? Par orgueil donc, une stupide arrogance qu'elle réussirait là où tant d'autres de sa famille échouaient.

Cette conviction forgée au fil des années qu'elle s'était trompée… Une certitude qui prend la place des doutes. Il n'était pas celui qu'elle croyait, celui qu'il lui fallait, ou peut-être était-ce elle, mais cela revenait exactement au même. Comment répare-t-on une erreur pareille ? Comment annule-t-on douze ans de vie commune et deux enfants ? À jamais, il serait dans sa vie. Qu'elle parte ou qu'elle reste. Elle avait fait son lit, à elle de dormir dedans.

*

Le lendemain, au réveil, Gérard la regarda s'agiter, préparer le petit-déjeuner de leurs enfants, aérer l'appartement en laissant rentrer la fraîcheur automnale. La scène était comme figée. Et chaque geste lui coûtait un peu plus. Ils échangèrent quelques banalités sur la journée qui s'annonçait, quelques détails pratiques sur l'organisation des enfants, quelques évidences de vie quotidienne d'un couple qui n'a plus grand-chose en commun. Les enfants se préparèrent pour l'école en se chahutant et se mirent en route. Lui, l'embrassa comme tous les matins, les lèvres serrées, rapidement, et partit avec eux, satisfait du père qu'il était, de la vie qui était la sienne, croyait-il, la laissant aux prises avec ces milliers de sentiments qui valdinguaient dans sa tête. Faire le tri d'abord. Elle avait besoin d'y voir clair au milieu de tous ses dégoûts.

L'araignée était repue et elle, prise, engluée, avalée.

Forcément il y en avait d'autres, des *comme elle*. Des femmes coincées dans une vie dont Simone ne voyait plus bien le but, une vie qui allait passer sans que rien ne se soit passé. Son état était d'une banalité affligeante. Et rien, ni les philosophes ni les livres de néo-bien-être à la con ne semblaient en mesure de l'aider si cela la condamnait à cette vie-là, à accepter cette médiocrité-là.

Bien sûr, elle aimait ses deux enfants. Bien sûr, elle s'était engagée. Mais ces promesses avaient de moins en moins de sens.

Gérard et son autosatisfaction écœurante. Gérard et son incapacité à voir au-delà de lui. Gérard qui l'avait déjà perdue mais ne le savait pas encore. Ou le savait et s'en foutait ? Gérard qui se croyait indéboulonnable, Gérard qui vivait comme si elle n'avait pas changé, Gérard qui se radicalisait, Gérard qui se laissait aller, Gérard pour qui seul Gérard comptait, Gérard, Gérard Gérard…

Assez. Il fallait qu'elle arrête. Était-ce bien normal qu'un désamour prenne plus de place que l'amour ? Était-ce bien raisonnable de parfois haïr celui qu'on avait aimé ? Et comment savait-on que le point final devait désormais s'écrire à la fin de l'histoire ?

Et elle croyait entendre l'araignée qui lui rongeait la tête et le cœur ricaner dans son coin.

La force lui manquait à l'idée même de l'énergie qu'elle devrait déployer pour couper court à cette vie-là. Mais rester, c'était accepter de disparaître. C'était vomir sa vie jour après jour. Elle avait l'impression que c'était la dernière fois qu'une voie s'ouvrirait à elle. Qu'après il serait trop tard. Que si elle restait, aujourd'hui encore, elle se condamnait au tombeau. Y avait-il d'autres options ? L'étouffement était réel, physique ; elle n'arrivait plus à respirer ; elle le sentait dans son corps. La suffocation. Une asphyxie lente, irrémédiable, qui ne lui laissait plus le choix. C'était elle ou eux.

L'araignée avait mangé ses rêves d'enfant,

un

par

un

Il était temps de lui faire rendre gorge et, comme dans les contes pour enfants, de les reprendre dans le ventre de la bête. Ne pas hésiter. Ne pas vaciller. Ne pas trembler. Hier, alors que sa sœur faisait le deuil de son mari bien-aimé, Simone, elle, enterrait son mariage. Elle voulait y voir le signe qu'elle attendait. Elle avait levé le voile.

Simone rangea l'appartement calmement. Elle appela ensuite à son bureau pour dire qu'elle était malade et qu'elle ne pourrait pas venir aujourd'hui. Elle se servit un café et resta ainsi appuyée sur la vitre du salon. Et dans sa tête, la liste de tout ce qu'elle devait enclencher s'écrivait calmement.

Il n'y aurait pas de chevalier blanc qui viendrait la sauver de ce mariage mais elle pouvait essayer d'attraper une bouée de sauvetage. Un avocat, une femme de préférence, avec qui elle pourrait parler et avouer son échec. C'était peut-être cela le plus dur à avaler. Son échec. C'était lui dont le goût âcre dans la bouche lui donnait la nausée. Elle avait échoué à trouver la personne qui lui convenait, à construire quelque chose de durable, à ne pas faire souffrir ses enfants, à tenir bon. Elle échouait à faire passer le bonheur des autres avant le sien. Elle échouerait à être la mère dont elle avait rêvé. Mais comment faire autrement maintenant alors qu'elle commençait déjà à dessiner la vie qu'elle pourrait avoir seule, qu'elle entrapercevait la liberté au bout de ses doigts, qu'elle goûtait sur le bout de sa langue, déjà, la facilité presque retrouvée. Alors qu'importe pensait-elle… Oui qu'importent quelques larmes d'enfants, quelques cris d'adultes, quelques rancœurs et explications à fournir. Elle inspira profondément, doucement. Elle devrait cesser de tout analyser pour commencer à agir ; un pas après l'autre. Une femme avocate donc.

Tirer le fil de cette toile pour se dépêtrer de cette vie-là. Retrouver son souffle. Aujourd'hui, elle se plaçait au centre de son monde.

Elle n'avait qu'un tour de manège et refusait de le passer à regretter ce qui aurait dû être ou à s'aveugler volontairement. Elle s'était trompée sur lui, sur elle, rien que de très banal. L'araignée pouvait retourner se tapir dans son coin ; elle ne se laisserait pas dévorer pour une histoire ordinaire d'amours malheureuses.

Elle prit un papier, ouvrit un carnet et commença à écrire :

« Projet liberté. »

8. La Grâce

On parle toujours de ceux qui ont été touchés par la grâce.

Je m'appuie contre un pilier d'église – bon, pas n'importe quelle église, d'accord, Notre-Dame-de-Paris, mais quand même – je m'appuie contre la colonne, ma tête sur la pierre froide et hop, la grâce m'est donnée ; un petit pipi au bord d'une route d'Espagne et bingo, j'ai la foi ; une retraite par hasard au milieu d'une nuée de bénédictines, et c'est la révélation ; une enquête sur Diable et voilà Dieu qui se penche sur mon humble personne et me touche du bout de son doigt béni. Cela semble si facile pour ceux-là, n'est-ce pas ?

Mais on parle peu de tous ceux qui cherchent, qui attendent, qui espèrent… en vain. De ceux ou celles qui aspirent désespérément à cette certitude absolue de l'amour de Dieu sans rien recevoir d'autre que le sentiment du vide.

Elvire était de ces gens-là. Sa souffrance était réelle, avide d'un mystère qui se refusait à elle, exclue d'un club qui semblait pourtant combler tous ceux qui en faisait partie. Les chanceux, les privilégiés, les élus. Elle connaissait toutes ces histoires de grâce reçue comme à la loterie, au bon vouloir d'un Dieu joueur qui s'amuserait à tirer au sort ses chéris, et en éprouvait parfois une jalousie amère. Elle ne savait plus si elle devait prendre en pitié leur faiblesse qui leur faisait avaler n'importe quoi, ou envier leur bonheur de croyants, ou les deux. Elle écoutait le silence de son cœur et se languissait de n'y rien entendre que des doutes.

Alors là, sous le soleil de Medjugordjé, dans cette messe en plein air, sur cette place de la Madone, à écouter un Bossuet bosniaque bavard et à n'y rien comprendre, elle se demandait ce qu'elle faisait là. Et le prêtre n'en finissait pas de sermonner cet auditoire disparate de brebis et de villageois.

Elle était arrivée la veille, venue sur un coup de tête, sans grande préparation. Le fils du propriétaire de l'hôtel, le bien-nommé « The Grace », était venu la chercher dans un gros 4x4 Volkswagen. Elle s'était fait la réflexion que le pèlerinage payait bien. Le jeune homme était charmant au demeurant et intéressant. Très respectueux aussi de cette foi qui, selon ses dires, les animait tous à Medjugordjé, et cela ne l'avait pas laissée insensible.

Elle s'était attendue à un village typique médiéval et elle découvrait une petite ville de province sans grand charme. À vrai dire, elle ne connaissait pas grand-chose de ce lieu de culte pourtant mondialement connu.

Elle apprit l'existence des Voyants, comme on les appelait, en arrivant sur place. Ils étaient toujours vivants, toujours voyants. Notre-Dame leur apparaissait avec une régularité de métronome suisse. Elle découvrait effarée que deux millions de personnes venaient chaque année ici dans l'espoir fou de voir la Vierge à leur tour ou, à défaut, de parler aux Voyants qui jouaient à cache-cache avec les pèlerins.

Elvire ressentait sa relation à Dieu comme un chassé-croisé, de rendez-vous manqués en incompréhension réciproque. Et pourtant, elle aurait tellement aimé y croire à cette histoire. Elle voulait y croire encore. Elle voulait y avoir droit, comme eux tous.

On disait Dieu patient, mais n'était-ce pas elle qui faisait preuve d'une patience infinie à attendre cette grâce qui ne venait pas, ces Voyants qu'on ne voyait pas ?

Elle regarda la foule de fidèles autour d'elle qui répondait en douce cacophonie, chacun dans sa langue ; bien entendu elle n'avait pas le bon téléphone et donc pas la bonne fréquence sur la radio locale pour entendre la messe en français, ce qui la condamnait à n'y rien comprendre, encore une fois. Alors son esprit prenait des chemins de traverse. Elle entamait la discussion avec Dieu – *qu'attendait-il pour lui faire signe ?* Elle imaginait les nuits de sa voisine – *couchait-elle encore avec son mari ?* Elle songeait à la religieuse qui chantait – *quelle était sa vie avant de prendre un voile qui l'avait soustraite au monde* ? Et ses détours la conduisaient bien souvent vers le prêtre.

Il faut dire qu'il était là, au milieu, en hauteur, bien en vue, au centre du monde qu'était cette messe. Et en le regardant pendant l'Eucharistie, elle ne pouvait s'empêcher de penser qu'il devait savourer ce pouvoir que lui donnait l'Église : là, à boire seul le sang du Christ, à opérer seul le miracle de la transsubstantiation, à distance des simples mortels… Cet orgueil qui était le sien à ce moment-là était-il bien chrétien ? Et si les prêtres étaient à part dans le cœur de Dieu, et puisque seuls les hommes étaient des prêtres, quelle place cela laissait-il aux femmes : ranger après la messe ? apporter des fleurs ? repasser la chasuble du prêtre ? Le syllogisme lui semblait une promesse peu flatteuse pour son genre. Alors était-ce vraiment la volonté de Dieu ou une organisation des hommes pour en contrôler d'autres ? Et voilà qu'elle sentait qu'elle s'éloignait encore un peu de son but, que la grâce n'était pas pour aujourd'hui. Mais qui étancherait sa soif alors ?

Elvire ne communiait pas ; sans révélation, avait-elle décidé, elle ne pousserait pas le blasphème jusqu'à mimer la dévotion et elle resta donc sagement assise. Puis vint le rite de la paix qui lui posait fondamentalement un problème. Comment apporter la paix au nom d'un Christ dont elle doutait franchement qu'il soit le fils de Dieu. Et de quel droit, elle l'impie, pouvait-elle prétendre faire partie de cette communauté ? Et puis elle était venue seule. Mal à l'aise, elle sourit gauchement à droite, à gauche, en faisant semblant de prononcer des mots, gênée à l'idée de donner la paix, gênée à l'idée de n'avoir personne à qui la donner.

Lorsque la messe prit fin, à une heure encore matinale, elle se dirigea un peu plus loin vers la statue du Christ ressuscité, le fils de Dieu sculpté et offert en remerciement par un artiste qui avait été touché par la grâce, encore un ; il s'érigeait vers le ciel, monstre d'acier grandiloquent aux abords du parc qui l'entourait. La statue, disait-on, suintait une huile miraculeuse au genou droit et lorsque Elvire arriva, elle vit la queue de pèlerins attendant pour s'oindre ; à chacun son tour, à chacun son miracle. Certains frottaient un mouchoir pour la recueillir, d'autres passaient leur main et se signaient aussitôt, d'autres encore – qu'elle trouva franchement effrayants – s'ingéniaient à récolter le précieux liquide avec une seringue. Elle sentit qu'elle n'était pas à sa place et que ce n'était pas ici qu'elle arriverait à faire taire sa raison et à peut-être écouter l'intangible.

Mais d'un autre côté et si tout ça était vrai ? Si Dieu était là ?

La question tourbillonnant dans sa tête, elle se laissa porter par le flot de pénitents vers la montagne pour suivre le chemin de croix.

Elvire était de nature optimiste : qui sait, la révélation l'attendait peut-être en haut ?

Elle monta seule et sans beaucoup s'attarder à chaque étape. Elle dépassa des groupes dont les rosaires résonnaient dans toutes les langues. Elle croisa des jeunes, des femmes, des religieux. Un artiste de peu de talent avait offert des plaques de bronze qui racontait l'ascension de Jésus jusqu'à la mort et qui venaient ponctuer la montée.

Mais au détour de son chemin, elle entendit une guide témoigner de ce qu'elle avait vécu, de sa croyance, de ses efforts pour vivre cette foi au quotidien, de son espérance. Elvire trouva magnifique ce partage, cette générosité de la parole qui se livre. Et lorsqu'elle recommença à marcher, elle porta en elle les mots de cette femme.

Arrivée en haut de la colline de Kruševac, une croix blanche, majestueuse, l'attendait. Et au pied de cette croix, une jeune femme blonde en larmes. Elvire ne savait pas si elle devait la déranger dans son malheur.

Elle vit aussi plusieurs pilules roses posées au pied de la croix. Quel désespoir pouvait pousser à balayer la science et à la troquer pour de l'irrationnel ? Quel espoir pouvait convaincre un malade de s'en remettre au seul spirituel ? Quelle foi animait la mère d'un enfant malade pour tout tenter, même l'abandon complet en un Dieu qui serait tout-puissant ?

Et contre toute attente, une émotion étrange l'ébranla, non pas devant le Christ, ni devant la femme éplorée, mais devant ce petit tas de pilules abandonné. Elvire se sentit pleine d'amour pour toutes les faiblesses des Hommes. Dans un geste maladroit de compassion, elle tendit alors la main vers l'épaule de la jeune femme toujours agenouillée ; à sa grande surprise, la jeune femme la saisit, l'embrassa, posa sa tête contre sa paume et resta ainsi. Embarrassée devant ce geste, un peu troublée aussi avouons-le, Elvire attendit.

Pour qui aurait regardé la scène de loin, pour les pèlerins qui arrivaient peut-être à ce moment-là, essoufflés et suants au bout de leur escalade, l'instant ne manquait pas de grâce sans mauvais jeu de mots.

Au bout de quelques minutes cependant, Elvire se pencha vers elle : *« Are you ok ? »* La jeune femme leva vers elle des yeux bleus embués d'émotion : « Oui, oui merci. C'est si beau n'est-ce pas ? Si incroyable de sentir la présence de Marie ici, au pied de la croix. » La jeune femme était française comme elle, mais Laure, elle, avait une foi absolue, sincère, submergeante.

Elvire cacha derrière un sourire son incapacité à partager une conviction aussi souveraine. Elle tendit la main à Laure pour l'aider à se lever alors que celle-ci se mettait à rire de joie. Son rendez-vous avec Dieu, ou Jésus, ou Marie, avait bien eu lieu. Elvire la dévisagea cherchant à percer le mystère divin à travers cette si belle femme. Pourquoi toujours l'autre ? Et pourquoi pas elle surtout ? Qu'avait Laure qu'elle n'avait pas ? Qu'avait-elle fait pour mériter ce cadeau ? Elvire se reprit et décida de chasser de son cœur ces pensées qu'elle devinait injustes. Elle regarda le sourire large, les yeux bleus emplis de larmes et de gaieté de la jeune femme, son teint rendu encore plus clair sous le soleil dur de cette fin de matinée de juin, la robe blanche et volantée et féminine, le chapeau de paille à ses pieds, et se sentit en comparaison si fatiguée. Elle avait bizarrement soif de la lumière qui irradiait de la jeune femme. Elle aurait aimé boire dans ce regard, à la source de cette foi qui semblait un torrent de félicité. Elle aurait voulu se rassasier dans cette absolue certitude qui comblait Laure.

Mais peut-être que Dieu se réservait pour des êtres plus purs qu'elle ? Sa quête condamnée d'avance puisqu'elle charriait la malédiction que portaient les femmes de sa famille, une punition pour s'être affranchie des hommes et de leurs lois, un anathème qui avait marqué leur lignée au fer rouge, une infortune qui les frappait génération après génération et qui les forçait à vivre sans mari, sans père. Toutes ces femmes qui la précédaient avaient défié l'ordre des hommes et avaient fait de leur famille une famille sans homme.

Elle repensa à son aïeule brûlée, sorcière forcément puisqu'elle avait osé soigner en dehors des édits de l'Église et à qui on avait arraché une confession spontanée sous la torture. On se racontait de mère en fille l'aveu extirpé d'une rencontre improbable avec un homme de noir vêtu et démoniaque. Elle s'était souvent demandé ce que son ancêtre avait bien pu dire pour provoquer la haine de ceux qui avaient témoigné contre elle, qui l'accusait d'inhumain maléfice, qui l'avait condamnée à monter sur un échafaud de bois un matin d'octobre 1620 et à brûler toute vive, la réduisant en cendres en même temps qu'au silence.

Elle convoqua sa grand-mère, Marie-Louise, dont on ne parlait que les soirs tard, en chuchotant même lorsqu'elles étaient entre elles, à la fois secret familial et source d'une immense fierté pour la liberté dont elle avait su faire preuve. Marie-Louise qui avait pris son destin en main et s'était émancipée des conventions. Marie-Louise qui avait défié la justice des hommes pour éviter l'injustice dans laquelle se retrouvaient certaines femmes. Marie-Louise dénoncée par un mari jaloux de sa réussite financière, exécutée à trente-neuf ans un matin de juillet pour avoir aidé des femmes à avorter, guillotinée parce qu'elle n'avait pas la morale de ses bourreaux. Elle songea à sa cousine, la seule qui avait semblé capable d'aimer et d'être aimée et qui avait été punie par une puissance rancunière, à croire que tout amour était forcément condamné au tragique. Et puis il y avait elle, la fille qui n'avait pas connu son père, un homme dont sa mère ne parlait jamais, lui donnant parfois l'impression d'avoir été enfantée par l'opération du Saint-Esprit lui-même.

Qui devra se sacrifier pour mettre fin à la malédiction ?

Ou était-ce de sa faute ? Irrémédiablement condamnée non par le péché originel d'Ève ou de Marie-Louise mais par celui bien réel qu'elle avait commis en avortant vingt ans plus tôt, à son tour faiseuse d'un ange ? Cet enfant dont elle n'avait pas voulu, ce fils qu'elle avait décidé de ne pas faire naître, cet embryon qui resterait en l'état par sa volonté, n'était-ce pas lui avec tous les enfants avortés par sa grand-mère qui faisait barrage de son corps dans sa relation à Dieu ? Et voilà que son esprit divaguait à nouveau. Et lorsque la culpabilité l'envahissait ainsi et qu'elle s'en voulait de se soumettre à des diktats qui n'étaient pas les siens, Elvire pensait aussi à ce que sa raison lui rappelait sans cesse : les religions avalées les unes par les autres ; les pillages d'une histoire à l'autre ; le besoin de l'homme de croire pour expliquer le monde ; la nécessité d'espérer en l'au-delà pour rendre supportable cette terre ; les meurtres et les exactions commis en Son nom… Et l'intuition de Dieu s'éloignait alors un peu plus.

« Vous avez senti vous aussi ? »

Prise de court au milieu de sa diatribe intérieure et de sa colère, Elvire ne voulut pas heurter la jeune femme et bégaya pour ne pas la décevoir. Laure lui prit la main et commença à parler.

Assez naturellement, les deux jeunes femmes continuèrent la discussion, redescendirent ensemble et se retrouvèrent dans un café quelques heures plus tard pour parler encore. Elvire découvrit que Laure avait confié sa vie à Marie, que celle-ci s'était manifestée à elle avec toute sa douceur et son amour, et que cela l'avait sauvée. Laure lui parla aussi du mystère de la révélation dont la prière renouvelait l'expérience à chaque fois.

Elvire de son côté lui avoua ses inquiétudes, ses aspirations, sa fièvre. Laure l'écoutait et semblait bouleversée par ce qu'elle lui racontait. Elle lui touchait la main parfois du bout de ses doigts légers. Ou ses yeux se voilaient à l'aveu des doutes qui déchiraient Elvire. Elles restèrent longtemps dans ce lieu improbable et bientôt l'inconnue n'en fut plus une. Il était si facile de s'épancher auprès de cette femme dont la foi permettait toutes les bontés. La nuit tomba et il était temps pour ces deux vies de reprendre leur chemin et de laisser cette amitié à la fulgurance de l'éphémère.

« Tu vas voir, Notre-Dame te donnera ce que tu es venue chercher très possiblement sans le savoir. »

Sur ces mots, Laure se leva, l'embrassa comme on embrasse une enfant aimée, et partit.

En se couchant, Elvire revit le chemin qui l'avait conduite à cette rencontre, à cet endroit : la disparition mystérieuse de sa sœur, le désespoir rampant de sa cousine après la mort de son mari ; l'accident de sa nièce à Madrid – ainsi appelait-on avec déloyauté dans la famille le viol qu'elle avait subi – ; son désarroi face à ses erreurs ; le besoin de se dire qu'il y avait un sens quelque part. Et ce soir-là, sans aucune certitude, sans que la grâce ne lui ait été rendue, toujours pas convaincue que Dieu allait s'occuper d'elle, Elvire se coucha étrangement apaisée par sa rencontre avec Laure.

*

Le lendemain, elle alluma moult bougies pour ses sœurs, cousines et tantes puis se rendit à la boutique des Franciscains et fit le plein pour toutes ces femmes qu'elle aimait tendrement de médailles en tout genre. Abondance de gri-gri ne nuit pas, pensa-t-elle. En sortant, elle appela sa mère pour lui raconter son étrange périple.

— Tu es à Medjugordjé ?
— Oui, je sais, c'est bizarre…
— Mais… tu sais ?
— Je sais quoi maman ?
— …

Le silence au bout de son téléphone lui fit comprendre qu'il y avait un problème :

— Maman tout va bien ?
— Il vit là-bas.
— Qui vit ici maman ?
— Ton père…
— Oui, qu'est-ce qu'il y a avec mon géniteur ?
— Il est à Medjugordjé.
— Comment ça, il est à Medjugordjé ?

Elvire avait du mal à digérer cette information qui lui semblait sortir de nulle part.

— Il vit ici ? Il est bosniaque ? Mais ça veut dire qu'il est vivant ? Et tu sais où il habite ? C'est quoi cette histoire ? Et puis pourquoi tu m'en parles maintenant ?…
— Chérie, attends, attends. Rappelle-moi quand tu es au calme dans ta chambre et je t'expliquerai tout.

Et sa mère raccrocha. Dévorée par la curiosité, Elvire se précipita à l'hôtel.

Sa mère lui parla alors pour la première fois de son aventure avec un jeune homme du nom de Julien, de sa grossesse inattendue, de la peur du garçon de s'engager et de sa fuite. Elle avait décidé de garder malgré tout cet enfant, elle, Elvire, aidée par sa grand-mère. Et puis elle s'était mariée, avait eu deux autres filles, mais l'homme était violent ; elle avait fini par divorcer avant qu'il ne soit trop tard – et ce nouveau père-là aussi avait disparu dans la nature – bref, elle avait vécu en préférant oublier les pères de ses trois filles, les amalgamant et les envoyant dans les limbes de l'oubli.

Quelques années plus tard, elle avait reçu une lettre de Julien qui implorait son pardon ; il lui racontait ses errances, sa culpabilité, et puis la grâce qui l'avait touché et son engagement dans la vie monastique comme une évidence. Julien était devenu frère Antoine. La lettre avait été postée de Medjugordjé. Sa mère avait gardé ce secret n'osant pas lui dire que son père avait réapparu mais sous les habits d'un religieux ; c'était selon elle trop compliqué à comprendre pour la petite fille qu'elle était alors, trop sujette à confusion. Le temps avait passé et elle n'avait jamais trouvé le bon moment. Mais elle avait vu un signe dans la coïncidence de ce voyage impromptu et s'était décidée à lui avouer la vérité. Il faisait partie de la communauté des Béatitudes ; à elle de voir ce qu'elle voulait en faire.

Puis sa mère raccrocha, la laissant seule avec cette immense révélation.

Elvire, on l'imagine aisément, fut abasourdie. Elle se demanda ce que cela changeait dans sa façon de voir sa mère, de relire son enfance ; elle se rappelait, petite, d'avoir posé des questions puis d'avoir renoncé face au silence ; elle se demanda aussi si elle avait envie de rencontrer Julien, enfin frère Antoine, son père qui l'avait abandonnée ; un père qui avait préféré s'occuper de Dieu que d'elle. Désirait-elle de cet homme-là dans sa vie ?

Elvire prenait les choses plutôt calmement jusque-là, presque froidement même ; la déflagration viendrait sans aucun doute plus tard. Tournait en boucle dans sa tête la prédiction de Laure : « Notre-Dame te donnera ce que tu es venue chercher très possiblement sans le savoir. » Un père de sang et de chair en lieu et place du Père qu'elle avait désiré. L'ironie ne lui échappait pas.

Elle ne mit pas longtemps à prendre sa décision et se rendit à la communauté. Elle voulait lui parler et entendre sa vérité.

Arrivée devant une maison toute simple, blanche, dont seule une croix fine et gigantesque sur la façade indiquait qu'elle était arrivée au bon endroit, la jeune femme se demanda ce qu'elle devait dire. Peut-être que son père ne voudrait pas la voir. Peut-être qu'il n'était plus là d'ailleurs, les nouvelles ne dataient pas d'hier.

— Vous cherchez quelque chose ma fille ?

Une sœur arrivait et s'était arrêtée pour lui parler au moment d'entrer dans la communauté. Elvire hésita à lui répondre « mon père » mais ne voulut pas offusquer la religieuse.

— Frère Antoine ? répondit-elle sagement.
— Frère Antoine est avec un groupe de jeunes mais installez-vous ici, je vais le prévenir que quelqu'un l'espère.

Elvire fut frappée par cette formule et se demanda effectivement ce qu'elle espérait de cette rencontre et si ce n'était pas une erreur.

Elle était prête à se lever déjà et à repartir lorsqu'elle vit arriver un homme grand, mince, vieilli prématurément, la peau rendue diaphane par cette vie de captif volontaire. Un homme qui lui ressemblait aussi sans doute. Et il lui parut étrange que cet homme en robe blanche et marron, un chapelet au poignet et une croix au cou, fût son père naturel.

Frère Antoine s'approcha d'elle, la regarda longuement, lui prit les mains et lui dit : « Je t'attendais. »

9. Sous le soleil

Le village avait cessé de s'interroger sur cette femme étrange qui était arrivée un beau jour sur leur île.

On ne savait rien d'elle ou presque. On ignorait qu'elle avait débarqué par le dernier ferry de dix-sept heures trente-quatre, avec tous les autres touristes et personne ne l'avait *spécialement* remarquée au milieu de la foule ce jour-là. Certains disaient maintenant qu'ils se rappelaient très bien d'elle descendant sur le port mais on les faisait taire d'un sourire ironique. L'honnêteté les obligeait à admettre qu'il avait fallu quelques jours au village pour comprendre qu'elle était seule et qu'elle s'était installée dans la maison sur les hauteurs du port, celle des Américains. On l'appelait ainsi parfois à cause du couple qui l'avait occupée sporadiquement pendant deux ans, le temps de se rendre compte que l'île ne correspondait pas tout à fait à leurs attentes. Trop loin, trop primaire, pas assez internationale. Les habitants de leur côté avaient espéré que ces riches Américains draineraient leurs riches amis et feraient tourner le commerce local. En vain. Le couple avait préféré faire livrer sa nourriture par colis, ses journaux par la poste et son personnel par bateau. Ils étaient repartis sans trop de regrets, ni pour eux ni pour les villageois qui avaient l'habitude des extravagances de ces touristes fortunés qui s'amourachaient de leur île le temps d'une glace et la désaimaient encore plus rapidement. Mais cette femme-là, toute seule dans la grande demeure, semblait vouloir rester. Alors avaient commencé les spéculations…

Les anciens, eux, pensaient la reconnaître mais sans vraiment pouvoir préciser d'où. Elle était un bruit de fond dans leur mémoire. Une impression qui s'entêtait à ne pas prendre corps. Ils en discutaient des heures durant adossés sur le mur de leur maison ou autour d'un café. Ils pensaient retrouver en elle une lointaine cousine de la Isabella ou bien une descendante d'Andreas, celui qui était parti chercher fortune sur un autre continent. Est-ce qu'elle n'avait pas son sourire ? Ou ses postures ? Mais rien de certain. Elle était une résonance, une intuition qui titillait leur esprit. Et ce mystère semblait les ragaillardir. Les jeunes s'amusaient de voir leurs parents jouer aux détectives ou aux commères, murmurer sur le passage de la femme, se disputer sur leurs hypothèses diverses. Et comme la maison, qui appartenait à des étrangers, avait été louée par un courtier étranger, l'agence locale semblait incapable de fournir plus de renseignements.

On la voyait rarement descendre au village. Elle ne parlait à personne ou si peu qu'on peinait à se rappeler sa voix, si peu qu'on n'osait l'interroger sur elle. Elle s'exprimait en anglais avec un léger accent leur semblait-il. Elle prenait un café de temps en temps au bar des Pirates sans pour autant chercher un quelconque contact ni engager la conversation. Seule à elle-même. Puis elle faisait ses courses et remontait calmement vers la maison. Ou alors elle partait marcher sur le port qui n'était pas bien grand. Elle s'arrêtait parfois pour caresser un des chats de l'île ou pour regarder travailler les pêcheurs, leurs filets jaunes étendus sur le rebord de la jetée, vague écumante de cordes qui seraient venues s'échouer. On la voyait aussi grimper jusqu'au monastère certains matins à l'aube mais sans s'y arrêter longtemps, sans y pénétrer même. Elle restait dans la cour, silencieuse, s'imprégnant peut-être des pierres ou des miracles qui avaient eu lieu là. Elle avait mis tout le village à distance sans jamais se montrer désagréable. Mais la plupart du temps, elle restait sur sa terrasse, simplement là. Et lorsque ses voisins passaient derrière la maison, ils entendaient une musique, Vivaldi parfois, de la musique sacrée encore plus souvent.

Les villageois se glorifiaient de respecter l'intimité de ceux qui venaient d'ailleurs, mélange de dédain pour ceux qui étaient trop intéressés par d'autres qu'eux, et de fierté parce que leur île incarnait le refuge absolu.

Un jour, un saisonnier du bar se lança cependant et eut le malheur de lui demander son nom. Elle le regarda de ses yeux fixes et impassibles, presque trop noirs puis répondit : « Ekaterina » ; il n'osa pas poser d'autres questions. Et alors qu'il croyait détenir une information qui le rendrait populaire, il se fit battre froid par tous les habitants, y compris par celle dont il était tombé amoureux et dont il avait espéré ainsi s'attirer les faveurs. Il avait gâché leur plaisir en résolvant ce premier mystère. Il n'avait rien compris au jeu.

*

Le soleil âpre et dur de cette Grèce immuable et mythologique qui écrasait la plupart des étrangers semblait de peu d'effet sur Ekaterina – appelons-la par son nom puisque nous savons que c'est elle maintenant. La femme s'était incrustée là, attachée à la demeure, agrafée sur la falaise.

La maison était belle, il est vrai, en pierre et non en simple chaux ; c'était une de ces bâtisses construites par les capitaines de navires, cossue, solide, dominante. Elle ne semblait craindre ni le vent ni le sel ni le temps. Elle plongeait sur le port et se dorait joliment au coucher du soleil. Les volets intérieurs en restaient toujours ouverts comme pour mieux voir ce qui se passait autour d'elle. On aurait dit que la maison aimait à se montrer, fière de son passé et des souvenirs qu'elle portait en elle. Elle racontait ces siècles évanouis du temps où l'île était prospère, puissance commerciale et puissance navale, où plus de cent navires se rassemblaient dans sa rade et où dix mille marins envahissaient les rues et clamaient leur joie du retour après une traversée qui s'avérait parfois périlleuse. Elle disait toute la richesse qui avait été la leur en cette époque d'échanges, quand ses hommes naviguaient des bouches du Danube aux portes de l'Asie et que leurs navires revenaient chargés de cargaisons bariolées, des poivres lointains aux soieries de l'Empire ottoman, des cuirs de Russie à l'ambre de la Baltique, du blé d'Ukraine à la myrrhe d'Arabie, des bijoux florentins aux épices rouges du golfe Persique. Oui, la maison racontait toutes ces histoires à ceux qui savaient l'écouter. Et aujourd'hui que son capitaine avait disparu depuis bien longtemps, elle portait la nostalgie qui les envahissait tous en bas dans le village de ces temps glorieux qui leur avaient échappé.

À côté d'elle, la maison de la vieille Maria, morte quelques mois plus tôt, s'endormait tout doucement ; et celle des Américains, qu'on appelait indifféremment aussi celle du Capitaine, semblait aux aguets et comme sa nouvelle locataire, en attente de quelque chose ou de quelqu'un. Et les suppositions reprirent de plus belle.

On devinait un drame, on s'imaginait un destin tragique, on lui inventait une vie, mille vies. Elle avait perdu toute sa famille dans un horrible accident et était venue chercher ici un peu de sérénité. Elle fuyait un mari violent et puissant et se cachait sur leur île pour survivre. Elle écrivait un roman et cherchait l'inspiration dans cette Grèce lointaine. On la pensait française, espagnole, puis non, italienne. On racontait dans le village que c'était une riche milliardaire qui se languissait d'un amour forcément malheureux ; sur le port on disait qu'elle souffrait d'une maladie rare et qu'elle était là pour attendre sa mort.

Mais les jours passèrent, et rien.

Ni le mari hurlant ni la mort ne vinrent.

Alors, peu à peu, on s'était habitué à la voir là ; toujours à la même place, face à l'horizon, tournée vers la maison de la Maria qu'elle surplombait un peu. Elle semblait imperméable aux éléments et au temps qui passait. Elle s'était fondue dans le décor jusqu'à devenir le décor. On la faisait visiter aux touristes de passage au même titre que le monastère en haut de l'île ou l'ancien port désaffecté. Elle était la figure principale d'un tableau romantique qu'on se plaisait à raconter et à montrer.

Il ne se passait pas grand-chose pendant l'hiver dans cette petite île de Méditerranée ; alors cette étrangère était un peu devenue leur histoire à eux, partie prenante de la légende locale. On avait appris à respecter son mystère et à aimer son rôle parmi eux.

La maison de la Maria à côté était devenue elle aussi source d'interrogations. Les héritiers n'avaient toujours pas donné signe de vie ou de consignes. Le notaire du village leur écrivait pourtant régulièrement. Mais impossible de savoir ce qu'ils voulaient en faire. Pendant quelques mois, une amie de Maria était passée pour ouvrir les fenêtres et secouer les draps sur les meubles. Et puis elle était tombée – rupture du fémur –, et n'était plus revenue. La maison était loin, sur les hauteurs, la tâche ingrate et ressentie comme inutile presque. Personne ne l'avait remplacée. Alors la maison avait pris la poussière. Les chats avaient pullulé au milieu des débris, colonisateurs pacifiques et heureux d'une maison qui n'avait plus de raison d'être à part de devenir leur territoire de vie. On les voyait se prélasser au soleil sur le bord d'une fenêtre, nourrir leur portée sur le canapé très vite décrépit, se battre pour la possession d'un coin de cette bâtisse qu'eux seuls revendiquaient. Puis le vent, le sel, la chaleur se mirent de la partie. Ils semblaient peu à peu la grignoter, couche après couche. Et une force bizarre semblait la sucer de l'intérieur. La nature et le temps eurent raison des dernières résistances de la bâtisse. Les craquelures s'étaient multipliées sur la façade, laissant apparaître le mur de plâtre, et la peinture blanche n'était plus qu'un lointain souvenir. On se désolait pour la Maria, en bas dans le village, en repensant à ses efforts tous les ans avant l'été lorsqu'elle s'attaquait au nettoyage des murs avec opiniâtreté comme si les taches lui faisaient personnellement offense. Les volets avaient capitulé à leur tour et le toit enfin.

Les enfants venaient parfois jouer aux alentours, certains comptaient les fissures, d'autres s'amusaient à interrompre la quiétude bienheureuse des chats, d'autres encore aidaient la maison à rendre les armes en l'écaillant minutieusement.

La masure n'était pas d'excellente facture comme celle du Capitaine. La décrépitude bien que progressive semblait inexorable. Elle n'avait plus personne pour prendre soin d'elle et mourait à petit feu. Elle ployait sous les effets du temps. On ne pouvait s'empêcher de penser que la maison suivait le chemin de la Maria, qu'elles ne pouvaient survivre l'une sans l'autre, comme si elles étaient toutes deux destinées à succomber de vieillesse et de décomposition. Elles se devaient de disparaître à l'aube de ce nouveau siècle.

Le village avait tenté de se mobiliser. Ils avaient sommé le maire d'intervenir. La maison au fil des mois devenait comme une verrue sur leur jolie falaise, une insulte à la beauté de leur île. Ce n'était pas sain. Il fallait faire quelque chose. Oui, mais quoi ? Si les propriétaires légitimes étaient trop riches ou trop occupés pour s'en occuper, qui était-il pour intervenir ? On avait argumenté pour défendre l'étrangère : elle devait souffrir de cette vue. C'était peut-être dangereux même, surtout pour les enfants qui ne cessaient de grimper là-haut. Est-ce qu'on ne risquait pas un éboulement ? Un accident? Mais la loi ne leur permettait pas d'intervenir. Alors la maison continua son lent chemin de désagrégation.

*

Les mois passèrent; on se rendit compte qu'Ekaterina regardait des heures durant la maison de Maria. Que c'était elle qu'elle fixait, bien plus que la course du soleil. On la voyait se pencher sur la terrasse, regarder attentivement une pierre de la façade écroulée ou un volet battant qui ne rêvait que de céder. On l'apercevait parfois tourner autour de la bâtisse sans jamais s'en approcher de trop près. On la devina ravie quand un coup de vent fit s'envoler les draps qui préservaient ce qui restait à protéger. On aurait dit qu'elle ne voulait pas prendre sa part dans le travail de destruction engagé par le temps mais qu'elle se réjouissait de le voir à l'œuvre.

Un duel semblait être lancé entre la maison et la femme pour savoir qui capitulerait la première. Un face-à-face d'un nouveau genre dont le temps était le meilleur allié.

Un jour de juillet, le meltem vint à l'aide d'Ekaterina; il souffla et souffla encore, déferla sur la maison de la Maria, se déchaîna et balaya le peu de choses qui tenaient encore debout, propageant une fureur qui semblait toute personnelle contre la bâtisse. Et le lendemain, quand les villageois ouvrirent les volets qu'ils avaient barricadés précipitamment, ils virent, en levant la tête, Ekaterina souriant et la maison de Maria réduite à des bouts de murs de plâtre effrités.

Le maire, en sortant de chez Maria où il était allé pour voir l'état de ce qui était maintenant une ruine potentiellement dangereuse pour son village, décida de poursuivre son chemin et grimpa les marches qui menaient à l'étrangère. Il frappa et fut surpris d'être accueilli avec gentillesse par la femme. Elle était plus jeune qu'il ne l'avait pensé, la quarantaine à peine. Et là, après un moment gênant, il se lança à lui poser quelques questions sur elle. À sa grande surprise, la femme l'invita à la suivre jusqu'à sa terrasse et lui offrit du thé ; elle les installa face aux ruines en contrebas et commença à lui raconter son histoire.

C'était elle l'heureuse propriétaire de ce tas de décombres.

La Maria était sa grand-mère, et elle, la fille de celle enfuie et que la Maria avait dite morte, il y a quarante ans de cela.

« Vous avez connu je crois ma grand-mère ? »

Le maire hocha la tête et Ekaterina reprit :

« Je suis certaine que vous n'avez vu qu'une vieille femme parmi les autres, habillée de noir, un voile noir la couvrant par toutes saisons comme toutes les anciennes du village. »

Le maire hocha à nouveau la tête et déjà elle enchaînait :

« Mais peut-être quand vous étiez plus jeune, vous avez deviné sa dureté à un regard ou subi une de ses paroles acerbes ? Je ne sais pas si sa méchanceté faisait d'elle une sorcière aux yeux de tout le village ou si elle gardait sa noirceur bien au chaud entre les quatre murs de cette maison mais ce que ma mère m'a raconté dépasse de bien loin la simple sévérité d'un autre âge. »

Elle lui raconta alors cette femme dans sa toute-puissance destructrice telle que sa mère l'avait dépeinte à ses yeux, les insultes, le mépris, la haine de cette génitrice dont la sienne n'avait jamais pu se remettre complètement. Et puis, elle parla de sa mère :

« Maman s'est mariée très jeune vous savez, presque une enfant encore, avec un garçon du village à peine plus âgé qu'elle. C'était un mariage d'amour nous disait-elle. Ils ont eu un bébé très vite, une petite fille, et puis un matin son pêcheur de mari n'est pas revenu. Un mauvais grain qui avait emporté la barque et les deux hommes à bord… »

Et le maire se souvint de cette tempête légendaire dont les anciens du village parlaient encore avec effroi et des deux jeunes disparus en mer.

« Ma mère s'est retrouvée avec un bébé et veuve. Et puis l'impensable est arrivé, ma mère était à nouveau enceinte. Je ne sais pas de qui parce qu'elle n'a jamais voulu nous le dire. Était-ce un moment d'oubli un soir ? Un viol ? Ce qui est certain, c'est que cette grossesse était inattendue. »

Ekaterina sembla s'oublier dans le passé de sa mère ; le maire n'osait pas esquisser le moindre mouvement de peur d'interrompre le fil de l'histoire et du mystère.

« Enceinte, alors qu'elle était veuve depuis trop longtemps pour que ce nouvel enfant soit le fruit du mort, continua Ekaterina. Vous imaginez » se parlant à elle-même autant qu'à l'homme assis en face d'elle, silencieux et désemparé devant ce secret qu'on lui confiait, à lui un inconnu du hasard.

Et lui, qui connaissait son village, ne put qu'imaginer, glacé, les réactions de tous. Il tendit la main vers Ekaterina dans un geste de soutien mais la jeune femme recula et reprit avec force :

« Ma grand-mère fut ravagée par la honte et tenta par tous les moyens, coups y compris, de faire sortir de sa lignée cet enfant du déshonneur… »

Mais l'enfant était née malgré tout, apprit-il. Sa mère s'était éloignée pour lui permettre, à elle, de survivre puisque c'était elle donc, qui grandissait dans son ventre.

Elle raconta sa mère qui était partie une nuit avec son gros ventre, sa fille et une valise de pas grand-chose sous le bras. Sa mère qui avait fui dans un autre pays pour les protéger. Sa mère qui avait dû lutter pour les élever, perdue et exilée et étrangère. Sa mère qui en était morte les laissant, sa sœur Cristina et elle, seules au monde, à la merci de l'aide sociale à l'enfance et séparées aussitôt. Elle ignorait, ajouta-t-elle, ce que sa sœur avait vécu, mais Cristina n'avait plus jamais été la même lorsqu'elles s'étaient retrouvées.

Ekaterina se confia encore. Elle évoqua la douleur de sa mère quand elle revivait le silence de tous sur l'île face à la méchanceté absolue, face à sa détresse alors qu'elle n'était encore presque qu'une enfant, du silence qui était toujours la loi, du silence qui plonge dans l'oubli. Ekaterina convoqua ce passé pendant un long moment, le faisant revivre devant lui, donnant corps et chair à l'amertume de sa mère qu'elle avait faite sienne.

Sa sœur Cristina s'était mariée, avait eu une fille qu'elle avait appelée Elena comme sa mère. Incapable de construire une vie, de se projeter tant que sa mère n'était pas vengée, grignotée qu'elle était par sa douleur, Ekaterina s'était livrée tout entière quant à elle à sa colère et dévouée à sa vengeance. Elle était dévorée par cette haine sans trêve, une haine qui ne lui laissait aucun répit. Son hommage passerait par l'effacement complet de toutes traces de sa grand-mère.

« J'ai même imaginé détruire tout le village vous savez », lui avoua-t-elle.

Et le maire se surprit à se réjouir qu'elle ait changé d'avis, convaincu qu'elle y serait parvenue. Elle lui confia encore sa délectation à voir cette maison où sa mère avait été si malheureuse souffrir à son tour, dépérir et tomber en morceaux. Maintenant il ne restait plus qu'à raser ce qu'il restait de son aïeule et des murs qui l'avaient abritée.

« Le Mal est enfin enterré, pour de bon », conclut-elle.

Et le maire ne savait plus si elle parlait de sa grand-mère ou de la rancœur qui la rongeait. Et il se demanda, troublé, si la haine était totalement éteinte…

Le lendemain, Ekaterina appela Constance, « oui » dit-elle sans rien ajouter et raccrocha. Puis elle descendit sur le port, prit le ferry de neuf heures quarante-trois et quitta l'île.

Imprimé en France
ISBN 979-10-203-7615-2
Dépôt légal : 4e trimestre 2024

Made at Brétigny-sur-Orge, France
2025-01-14
http://www.print-info.eu/

27520815R00071